백준 新무협 판타지 소설

眞家道
진가도

FANTASTIC ORIENTAL HEROES

진가도 2부 5

백준 新무협 판타지 소설

초판 1쇄 찍은 날 § 2016년 3월 31일
초판 1쇄 펴낸 날 § 2016년 4월 7일

지은이 § 백준
펴낸이 § 서경석

편집책임 § 이창진

펴낸곳 § 도서출판 청어람
등록번호 § 제1081-1-89호
등록일자 § 1999. 5. 31
어람번호 § 제2-2654호

주소 § 경기도 부천시 원미구 심곡1동 350-1 남성B/D 3F (우) 14640
전화 § 032-656-4452 팩스 § 032-656-4453
http://www.chungeoram.com
E-mail § chungeorambook@daum.net

ISBN 979-11-04-90726-5 04810
ISBN 979-11-04-90512-4 (세트)

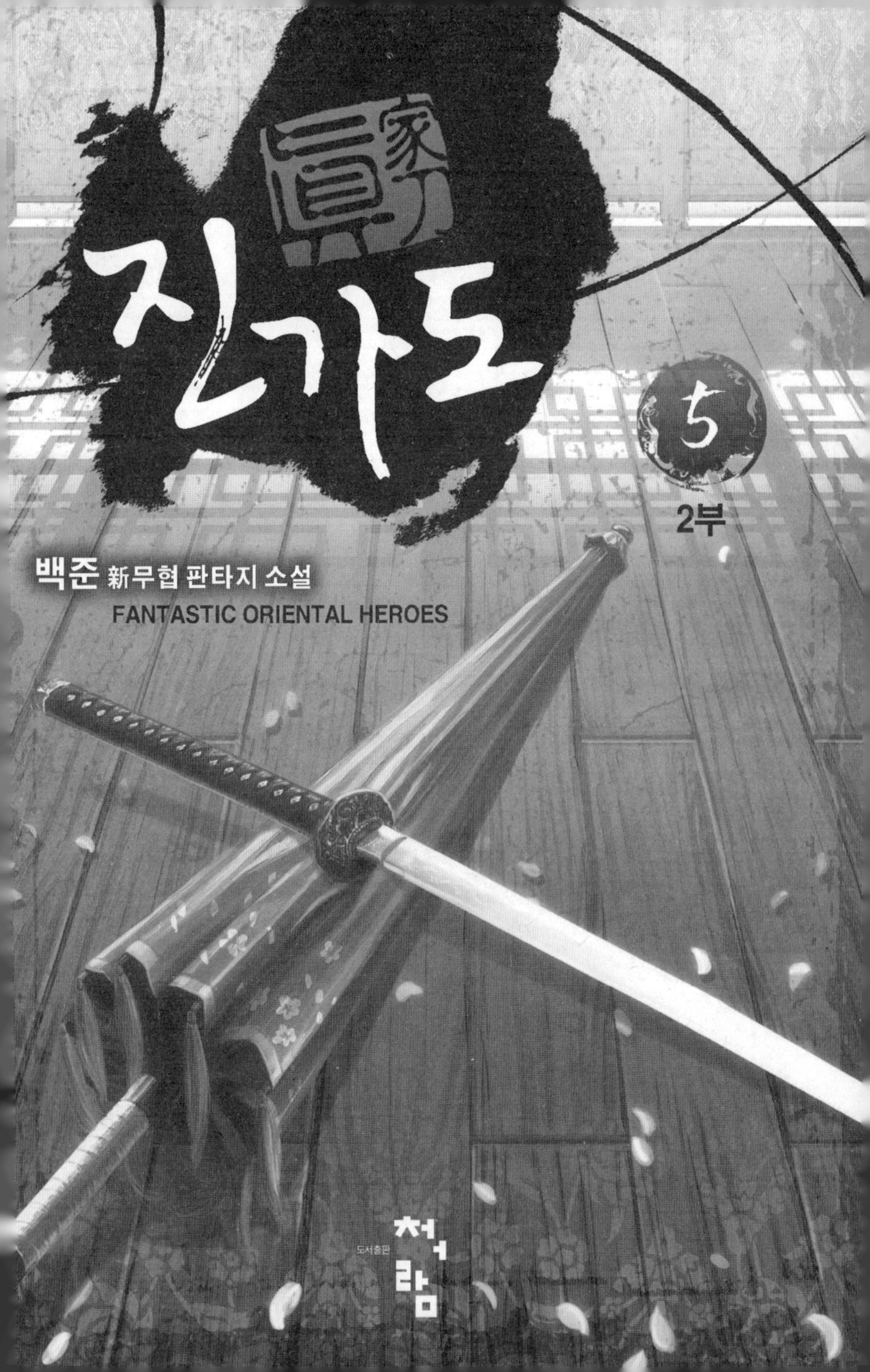
眞家
진가도
5
2부
백준 新무협 판타지 소설
FANTASTIC ORIENTAL HEROES
도서출판 청람

목차

第一章
바람을 걷는다

眞家 진가도

구름이 거쳐 가고 바람이 쉬어 가는 무당산 깊은 곳 선운봉의 주변으로 빗방울이 떨어지고 있다.

빗방울은 지나가는 나그네처럼 구름과 함께 흘러가더니 금세 따뜻한 햇살이 암벽과 숲을 밝게 비추었다. 햇살이 비구름을 쫓아내듯 멀리 날려 보내고 있는 듯했다.

급하게 도망치던 비구름은 금세 다음 봉우리로 사라졌고, 그 뒤로 백의를 곱게 차려입은 중년인이 나타났다. 중년인의 도포 자락이 바람에 휘날리고 있었으며, 어깨에 메고 있는 검의 손잡이는 햇살에 반짝이고 있었다.

중년인은 평범한 인상에 보통 체구를 한 흔히 볼 수 있는 얼굴의 인물이었지만 눈빛은 맑고 입가에 걸려 있는 미소는 여유가 있어 보였다.

　　중년인은 푹신한 풀밭을 밟으며 걸었고, 얼마 안 지나 소나무와 수풀에 가려진 암벽을 쳐다보며 멈춰 섰다. 암벽은 높지 않았고 그곳을 넘어가면 무언가 새로운 세상이 기다리고 있는 것처럼 신비스러운 기운을 내뿜고 있었다.

　　"이보게, 형제, 아직도 이곳에서 신선놀음이나 하고 있는 건가?"

　　그의 목소리가 공허하게 허공에 울렸고, 선운봉의 주변은 여전히 조용했으며, 누구의 응답도 없었다.

　　"사형이 이렇게 찾아왔는데 차 한 잔 대접도 안 하다니 너무한 거 아닌가? 어서 나타나게나."

　　중년인은 다시 말했고, 그의 목소리는 여전히 크게 울렸다. 사방으로 울려 퍼지는 그의 목소리는 선운봉에 있는 사람이라면 누구나 들었을 것이다. 하지만 여전히 대답은 없었고, 중년인을 제외한 그 누구의 모습도 보이지 않았다.

　　중년인은 돌아오지 않는 말을 하면서도 여전히 미소를 잃지 않았으며 짜증스러움도 찾아볼 수 없었다.

　　"사제, 자네가 좋아할 소식이 하나 있는데, 들어보면 오랜 면벽수련을 그만두고 금방 나올 것이네."

중년인은 말을 하며 수염을 쓰다듬더니 가까운 곳에서 평평한 돌을 발견하고 그 위에 앉았다.

"장천사가 나타났네."

그의 말이 끝나자 가벼운 바람이 불며 유령처럼 봉두난발의 괴인이 모습을 드러냈다. 그는 먼지에 쌓인 회색빛 머리카락에 허름한 도포를 입고 있었으며 상당히 마른 체형의 인물이었다.

"그게 사실입니까, 사형?"

중년인은 여전히 미소를 보였다.

"근 십 년 만에 만난 사형에게 인사도 없고, 쯧쯧! 그냥 가야겠구나."

중년인이 웃으며 일어서려 하자 봉두난발의 괴인이 손을 저었다.

"아니, 잠깐! 사, 사형, 그동안 잘 지내셨는지요? 건강해 보여서 다행입니다."

괴인이 얼른 허리를 숙이자 중년인은 슬쩍 그의 모습을 바라보다 만족스러운지 수염을 쓰다듬었다.

"장천사가 천문성으로 간다고 하더구나. 네가 흥미를 가질 것 같아 이렇게 직접 소식을 전하러 온 것이다."

중년인의 말에 괴인의 눈빛이 크게 흔들리는 것 같더니 곧 투명한 빛으로 돌아왔다. 십 년의 수련을 중단해야 할 만큼 그에게 장천사라는 이름이 가지고 있는 의미는 상당했다. 또한 중년인 역시 그 사실을 잘 알고 있는지라 떡밥을 가져왔고, 괴인은 그에 물고기처럼 튀어나왔다.

중년인이 면벽수련 중이었음에도 이렇듯 망설임 없이 나온 이유는 장천사라는 이름 때문이다. 그는 무당에 필요한 인물이었고, 장천사가 아니었다면 그가 이렇게 무당에서 종적을 감추고 사라지는 일은 없었을 것이다.

"하산을 해야겠습니다."

괴인의 말에 중년인은 가볍게 미소를 던졌다.

"일단 목욕부터 하거라. 꼴이 그게 뭐냐."

"예."

괴인은 대답 후 계곡으로 향했다.

중원에서 서쪽으로 가장 험하고 깊으며 유명한 산이 무엇이냐고 묻는다면 사람들은 모두들 화산이라고 말할 것이다.

송곳처럼 솟아난 수많은 암벽 봉우리들 사이로 길이 있고, 계단이 있었으며, 지붕도 있었다. 암벽 같은 산이라도 평평한 곳은 있었고, 정상으로 향하는 산등선에는 집들이 늘어서 있었다.

화산 뒤로 높게 솟은 산봉우리 사이로 남색 도복을 걸친 청년 한 명이 급하게 뛰어가고 있다.

파파팟!

청년은 빠른 발걸음으로 계단을 뛰어오르며 구름이 짙게 깔린 봉우리 속으로 들어갔다. 한참의 시간이 흐른 뒤 구름을 넘어 모습을 나타낸 청년은 봉우리의 옆으로 이어진 계단을 지났고, 작은 분지에 초가집이 보이자 걸음을 멈췄다.

초가집의 옆에는 크지 않은 연못이 있었는데 비가 내리면 물이 고이는 천연 우물처럼 보였다. 청년은 잠시 숨을 고르다 연못으로 다가가 엎드려 물을 마셨다.

"휴우, 이제야 살 것 같구나."

청년은 깊은 숨을 길게 내쉬더니 기분 좋은 표정으로 자리에서 일어나 초가집으로 걸어가 문 앞에 섰다.

"사숙님, 장문인께서 찾으십니다."

청년의 목소리가 울렸지만 초가 안에서는 아무런 응답이 없었다. 분명히 초가 안에 사람이 있다고 판단한 청년은 한 발 움직였다.

"실례하겠습니다, 사숙님."

"멈춰라."

초가의 문이 열리고 짧은 수염에 다부진 체격을 가진 장년인이 모습을 보였다. 굵은 눈썹에 날카로운 눈매를 지닌 그는 상당히 잘생긴 외모의 소유자였다. 그는 청년을 한번 슥 보더니 한쪽에 마련된 마루에 걸터앉았다.

"장문인께서 찾으십니다."

"못 간다고 전해라."

"꼭 모셔 오라십니다."

"안 간다고 전해라."

귀찮다는 듯 장년인이 손을 저으며 얼른 가라고 휘이 저었다. 그 모습에 청년이 입을 열었다.

"안 오신다면 이 말을 하라고 하셨습니다."

청년의 말에 장년인이 호기심이 생긴 듯 쳐다보았다.

"말해."

"장천사가 천문성에 있다고 합니다."

청년의 말이 끝나는 순간 장년인의 표정이 굳어졌고, 차가운 살기가 맴돌기 시작했다. 그의 그러한 모습에 놀란 것은 청년이었다.

"장문인께 전해라. 곧 가겠다고."

장년인의 말에 청년의 표정이 밝아졌다.

"예, 그리 전하겠습니다."

얼른 대답한 청년은 기분 좋은 얼굴로 빠르게 떠나갔다.

"장천사가 나타났다……. 몇 년 만이지? 강호에 파란이라도 일어나려는 것인가? 아니면 무슨 큰일이라도 터진 것일까?"

흥미를 느낀 것일까, 아니면 오래전부터 알고 있었기 때문

일까? 장년인은 표정을 바꾸더니 연못으로 다가가 물에 몸을
담근 뒤 옷을 벗기 시작했다.

*　　*　　*

이른 새벽부터 금정사로 올라가는 연심은 높은 계단을 오
르다 새벽별을 바라보며 잠시 걸음을 멈췄다. 차가운 공기가
폐부를 자극했고, 코끝으로 풀 내음과 수분 가득한 이슬 냄새
가 맴돌았지만 가슴 한구석은 허전한 것 같았다.

"휴……."

연심은 자신도 모르게 깊은 한숨을 내쉬며 다시 계단을 올
랐다.

금정사의 입구에 들어서자 마당을 쓸고 있던 정화가 반갑
게 인사했다.

"안녕하세요."

정화의 인사를 고개만 끄덕이며 받은 연심은 안으로 걸음
을 옮겼다. 금정사의 대전 안에는 예불을 올리고 있는 연정의
모습이 보였고, 그 뒤로 조용히 다가가 앉은 연심은 향을 피
우고 연정과 함께 예불을 올리며 아침을 맞이했다.

"새벽부터 온 것을 보아하니 출타를 할 모양이구나?"

정좌를 하고 앉은 연정이 방향을 돌려 연심을 쳐다보았다.

연심은 결정을 내린 듯 대답했다.

"예."

짧은 대답에 연정은 예상을 한 듯 숨을 내쉬며 받아들이는 듯 보였다. 하지만 연심이 떠난다고 하니 아쉬운 것은 사실이다.

"이번에 내려가면 언제 오려고 하느냐?"

"다음에 올 때는 혼자 오지 않을 생각이에요."

"둘이 오겠다······."

연정은 그녀의 말이 무엇을 뜻하는지 잘 알고 있었다. 둘이 오겠다는 것은 아미를 내려놓겠다는 뜻이고, 더 이상 아미의 제자가 되지 않겠다는 것을 뜻했다. 짧은 한숨을 내쉴 때 열린 문 너머로 정화가 보였다.

"정화예요. 차를 가져왔어요."

정화는 안으로 들어와 연정과 연심 앞에 차를 내려놓고 조용히 물러섰다. 국화차의 향기가 실내를 맴돌았고, 연정은 차를 한 모금 마시자 기분이 좋아진 듯 미소를 보였다.

"강호에 파란이 일어날 것 같더구나. 시기가 좋지 않아."

"무슨 말씀이신가요?"

"장천사라고··· 강호에서는 일기라고 부른다."

"아······."

일기에 대해 자세히는 모르지만 천하제일인이라 불리는

사람이란 것은 잘 알고 있었다. 그 이름을 직접 들은 것은 이번이 처음이다. 연정이 다시 말했다.

"어차피 강호에 나간다면 자연히 알게 될 일이다. 연홍을 부를 것이다. 네가 강호에 나가겠다면 연홍과 함께하거라. 그러면 허락하마."

연심은 고민하는 듯하더니 이내 고개를 끄덕였다.

"네."

연심의 대답에 연정은 정선을 불러 그녀에게 서찰을 전해 주고 소태봉으로 가라 일렀다. 그녀가 나가자 연정이 다시 말했다.

"소태봉까지 꽤 먼 곳이니 오후가 되어야 연홍이 오겠구나. 그때까지 꽤 시간이 있으니 이곳에서 좌선을 하도록 하거라."

"예."

연심의 대답을 들은 연정은 미소를 보이며 눈을 감았고, 연심 역시 그 자리에서 눈을 감은 채 깊은 호흡에 빠져들었다.

하지만 그 시간은 그리 오래가지 않았다. 구름의 바다에서 뜨거운 태양이 솟구쳐 오를 때 연분홍 치맛자락을 휘날리는 한 명의 여인이 빠르게, 마치 새처럼 하늘을 날아오고 있었다. 그녀는 오 장 높이의 암벽도 한 번의 도약으로 뛰어올랐으며 순식간에 금정사의 마당에 도착했다.

그녀가 도착하자 강한 바람이 불었고, 그 기운에 눈을 뜬 연정과 연심은 차가운 눈빛에 강한 기도를 내뿜고 서 있는 이십 대 후반의 여인을 쳐다보았다.

그녀는 큰 키에 늘씬한 체형이었으며 연심과 비교해 볼 때 키나 체형은 큰 차이가 없어 보였다. 계란 같은 얼굴에 흰 피부를 지녔고, 토끼 같은 큰 눈과 왼 눈 밑에는 점이 하나 있었다.

"장문 사저, 이 내용이 사실인가요?"

그녀는 서찰을 꺼내 보이며 말했는데 연심과는 슬쩍 눈인사만 할 뿐이었다. 지금의 그녀에게 중요한 것은 서찰의 내용이었기 때문이다.

"네가 이렇게 급하게 올 줄은 몰랐구나."

"제게는 중요한 일이니까요."

연홍은 인상을 굳히며 대답했다. 그녀의 사나운 기도에 연정은 고개를 끄덕였다.

"사실이다."

"장천사……."

연홍은 장천사의 이름을 거론하며 주먹을 쥐었다.

"천문성에 가볼 생각이냐?"

"가야지요."

연홍은 당연하다는 듯 대답했다.

"혼자 갈 생각 하지 말고 연심과 함께하거라. 밑에 제자들도 몇 명 경험 삼아 데려가는 것도 좋을 것이다."

연심과 같이 내려가라는 말에 연홍의 이마에 주름이 그려졌다. 이 일은 개인적인 일이기 때문이다.

"이유는요?"

"혼자보다는 둘이 좋지 않겠느냐? 아미의 힘을 네가 많이 가르쳐 주거라."

연정의 말에 연홍은 썩 마음에 드는 표정이 아니었다. 혼자 움직이는 것이 편하기 때문이다. 연홍은 연심이 자신을 감시하기 위해 연정이 붙여놓은 혹 같은 존재로 보였다.

연홍은 연심에게 시선을 던지며 말했다.

"미시까지 준비를 마치고 복호사로 오거라."

"예."

연심의 대답에 연홍은 곧 연정에게 인사를 한 뒤 바람처럼 금정사를 뛰어넘어 소태봉으로 사라졌다. 그녀가 구름 사이로 사라지는 모습을 바라본 연정은 입을 열었다.

"연홍 사매도 정에 아파했지. 너는 연홍이 간 길을 가지 말거라."

연정의 목소리가 낮게 울렸다.

*　　*　　*

검빛과 사람의 그림자가 작은 공터를 가득 메우고 있다.

파파팟!

유형의 검기가 사방으로 퍼져 나갔으며, 사람의 그림자는 수십 개의 반원을 그리고 있었다.

쉬아악!

바람이 불었고, 칼날처럼 변한 유형의 검기는 바람처럼 빠르게 움직이고 있었다. 허공으로 원을 그리며 뛰어오르던 사람의 주변으로 거대한 검기의 파도가 일어났고, 그 파도는 회오리치며 방원 일 장여를 가득 메우고 퍼져 나갔다.

그 사이로 멈춰 선 장년인이 가볍게 호흡을 가다듬었다.

"쉽지 않은 검법이야."

장천사는 화산파의 절대검법이라 불리는 풍운검법(風雲劍法)을 펼쳐 보인 뒤 고개를 저었다. 그가 이처럼 풍운검법을 자유자재로 펼친 것을 화산파의 사람들이 보았다면 분명히 눈을 부릅뜨고 쫓아왔을 것이다. 아니면 거품을 물고 쓰러졌을지도 모른다.

화산파의 사람이라면 장천사를 찢어 죽이려 할지도 모른다. 하지만 장천사는 풍운검법을 펼치면서도 그저 가벼운 여흥이라 생각했다.

그는 곧 호흡을 가다듬으며 검을 가슴팍에 세우고 정중동의 자세로 섰다. 그의 주변으로 강한 기운이 흘러나왔으며, 들고 있는 검 주변에서도 희미한 안개가 뿌려지기 시작했다. 그때 그의 신형이 앞으로 나가며 수십 개의 검광을 그렸고, 좌우로 번갈아 돌아가며 사방으로 검풍검기(劍風劍氣)를 뿌리기 시작했다.

일수유의 시간이 흐른 뒤 수백 개의 잔상처럼 흩어졌던 그의 신형이 어느새 제자리로 돌아왔고, 여전히 처음과 같은 자세로 검을 잡고 서 있는 장천사의 앞에는 열십자(十)의 발자국이 그려져 있었다.

열십자 모양의 발자국들은 크게 세 개였고, 수십 번이나 그 선을 따라 밟은 듯했다. 무당의 무극검법이 가지고 있는 독특한 보폭이었고, 그 사이로 삼라만상의 모든 검로(劍路)가 다 들어가 있었다.

무당의 대표적인 절대검법인 태극혜검이 태극의 묘리를 담은 것이라 무극검법은 정중동의 묘리를 담은 극강의 검법이었다.

이 검법 역시 장천사는 아무렇지도 않게 펼쳤으며, 이미 모든 원리를 다 터득한 사람처럼 보였다. 그는 조금 심심하다는 듯 고개를 가로저으며 검을 이리저리 휘두르다 마당 한쪽에 마련된 마루에 걸터앉았다.

찬바람이 불어와 어깨를 훔쳐 가자 장천사는 저도 모르게 어깨를 한번 떨었다.

"으스스한 걸 보니 만나기 싫은 여자가 나타날 것 같은데… 불안하군."

문득 가슴 한구석에 남아 있는 불안감이 고개를 삐죽 내밀었다.

*　　*　　*

슥! 슥!

소도를 움직이는 진파랑의 손놀림은 전보다 한결 가벼워졌고, 왼손에 쥔 작은 목각 인형의 모습도 어느새 사람의 윤곽을 찾아가고 있었다.

"뭘 그렇게 만들어?"

이른 아침부터 일어나 나무를 손질하는 그의 모습에 청란이 궁금한 듯 물었다.

"사람."

"남자? 여자? 노인? 아이?"

청란의 입에서 궁금증이 폭발한 듯 빠르게 질문이 터져 나왔다. 진파랑은 살짝 인상을 찌푸렸다. 그저 사람을 만들자고 생각했지 성별(性別)에 노소(老少)까지 구분하지는 못했기 때문이다.

"남자로 해두지."

진파랑은 편하게 생각한 듯 대답하자 청란이 고개를 끄덕였다. 진파랑이 물었다.

"언제 갈 거지?"

"곧."

청란은 짧게 대답한 후 우물가로 다가가 세수를 했다. 그녀가 어푸푸 하며 세수를 하는 소리에 고개를 든 진파랑은 물기에 젖은 그녀를 바라보다 다시 소도를 움직였다.

전보다 섬세하게 움직이는 그의 손은 적당한 속도로 움직였고, 일정한 간격을 주고 있었다. 깎여 나가는 나뭇결 역시 일정한 굵기를 유지했다.

'어렵군.'

사람을 만드는 것은 생각보다 어려웠고 쉽지 않은 작업이었다. 그래도 집중해야 했다. 그래야 자신에게도 도법(刀法)의 길이 보일 것 같았기 때문이다.

세수를 끝낸 청란이 안으로 들어가 짐을 챙겨 들고 나왔다. 그녀가 진파랑을 향해 말했다.

"여기서 오래 머물지 않는 게 좋을 거야."

"왜 그러지?"

"내가 알았는데 천문성에서 모를 리 없잖아."

그녀의 말에 진파랑은 대답 없이 짧은 숨을 내쉬었고, 청란은 손을 한번 흔들고는 빠르게 내려갔다.

"세상은 넓은데 마음 편히 쉴 곳은 없구나."

진파랑은 중얼거리며 다시 인형을 만드는 데 집중하기 시작했다.

사각! 사각!

과거에 이쑤시개를 만들 때와 달리 인형을 만드는 일은 다른 단계의 일처럼 어렵게 느껴졌다. 어려웠지만 해야 할 것 같았다. 지금 이렇게 정체되어 있는 자신에게 만족할 수는 없었기 때문이다.

한 발 더 나가려면 처음부터 다시 시작한다는 마음으로 수련을 시작해야 했고, 천풍육도를 다시 익힌다는 마음으로 인형을 만들고 있었다.

대충 사람의 형상을 한 목각 인형을 손에 쥔 진파랑은 하늘을 바라보았다. 해가 서산으로 넘어가고 있었다. 진파랑은 만족스럽지 못한 모습의 인형을 옆에 내려놓았다. 인형을 손에 쥐고 있던 왼손도 살짝 저렸고 오른손도 근육이 경직된 듯 아파왔다.

손을 몇 번 털던 진파랑은 안으로 들어가 운기조식을 하였다. 그렇게 하루를 보내고 다시 아침이 되었을 때 대충 밥을 먹은 진파랑은 다시 앉아 새로운 통나무를 손에 쥐고 소도를 움직여 인형을 만들기 시작했다.

슥! 슥!

나무를 깎고 있는 일정한 소리가 들렸고, 여전히 같은 자세로 앉아 있었다. 어른의 팔뚝 정도의 크기로 만드는 데 반나절이 지나갔고, 거기서 사람의 모습을 만드는 데 다시 반나절이 흘렀다. 아직 하루 만에 사람의 형상을 다 만드는 데 무리가 있었다. 소도를 이용해 일정한 간격에 일정한 굵기로 나무를 오려내는 일은 쉬운 일이 아니었다. 진파랑은 깊은 숨을 내쉬며 식사를 준비하기 위해 안으로 들어갔다. 그렇게 반복되는 날들이 계속 이어지고 있었다.

다음 날 아침 낚시를 가기 위해 물품을 챙겨 들던 진파랑은 통나무 하나를 허공으로 던졌다.

파팟!

미동도 없는 진파랑과는 달리 그의 주변에서는 바람 소리가 일어났고, 떨어지던 통나무가 마치 허공에 멈춘 것처럼 잠시 머물고 있었다. 그것은 착각이라 할지 모르지만 분명 멈춰 있었다. 그러던 어느 순간 통나무가 퍽 하는 소리와 함께 꽃잎처럼 사방으로 흩어져 나갔다.

쉬아아악!

강한 바람이 불었고, 땅에 떨어진 꽃잎들은 가볍게 솟아올라 나비처럼 휘날리다 마당을 넘어갔다.

"마음에 안 들어."

미동도 없던 진파랑의 입에서 흘러나온 한마디이다.

진파랑은 분명 아무런 동작도 없었으며 심지어 백옥도조차 들고 있지 않았다. 품에 있는 소도가 전부였고, 지금 방금 일어난 일은 분명 그의 손에서 발생한 것이며 그가 만든 작품이었다. 하지만 진파랑은 마음에 들지 않은 듯 인상을 찌푸린 채 강가로 향했다.

무공산을 굽이치고 도는 원강에 도착한 진파랑은 물살이 약하고 깊은 곳을 찾아 올라가다 마음에 드는 바위에 걸터앉아 낚싯대를 드리웠다. 저 멀리 고기잡이배가 지나가는 게 보였고, 대로를 따라 저 멀리 마을로 향하거나 나오는 행인도 간혹 보였다.

진파랑은 고개를 돌리다 자신과 멀리 떨어지지 않은 바위 위에 앉아 있는 장년인을 발견했다. 장년인도 진파랑을 보자 미소를 던졌다.

"반갑소이다."

"안녕하십니까."

장년인의 인사에 진파랑도 정중히 인사했다. 진파랑은 낯선 사람에게도 인사를 건네는 이 동네의 인심이 그리 나쁘지는 않은 것 같다고 생각했다.

"이 동네에선 못 본 얼굴인데… 낯이 익구려."

"그렇습니까? 흔한 얼굴입니다."

진파랑은 미소를 보인 뒤 낚시에 집중했다. 그때 장년인이 고민스러운 표정을 보이다 생각난 듯 환하게 웃으며 말했다.

"누군가 했더니 혹시 진파랑이 아니오?"

"⋯⋯!"

진파랑은 놀라 자리에서 일어섰고, 본능적으로 긴장한 듯 강한 기도가 흘러나오기 시작했다. 장년인이 미소를 던지며 다시 말했다.

"뭘 그렇게 놀라시오? 아, 기억을 못 하겠구려. 몇 년 전 쓰러져 있던 진 형을 내가 구했소이다. 하하하! 화산파의 어르신은 잘 있소이까?"

화산파의 어르신이란 말에 진파랑의 표정은 더욱 굳어졌다. 왕만을 이야기하는 게 분명해 보였기 때문이다. 하지만 쉽게 손을 쓸 수는 없었다. 자신을 구했다는 말 때문이다.

"스승님을 잘 아시오?"

"스승님?"

스승이란 말에 장년인이 조금 놀란 듯 보였다. 그는 곧 다시 물었다.

"진 형은 화산파에 들어간 것이오?"

"그렇지 않소이다. 화산파의 무공은 배우지 않았소이다."

"호오, 그것참 재미있구려."

장년인은 화산파의 무공을 배우지 않았다는 진파랑의 대답에 흥미가 생긴 듯 보였다.

진파랑이 경직된 표정으로 물었다.

"당신은 누구십니까?"

"아! 이런, 미안하오. 저기 강 건너 옥화산에 살고 있는 장천사라 하오."

두근두근!

진파랑의 심장이 순간적으로 크게 뛰었다. 진파랑은 저도 모르게 놀란 표정으로 눈을 부릅뜨고 장천사의 모습을 눈에 담았다. 그의 눈동자가 투명하게 반짝이는 것이 보이자 놀란 진파랑은 한발 물러섰다. 마지령의 눈빛과 닮았기 때문이다.

장천사는 미소를 보이며 슬쩍 고개를 돌려 낚싯대를 들어 올렸다. 그러자 팔뚝만 한 잉어가 파닥거리며 튀어 올라 장천사의 손에 이끌려 뭍으로 올라왔다.

"기분 좋은 날이구려. 그런데 낚시는 잘 못하는 모양이오?"

장천사의 말에 진파랑은 인상을 찌푸렸다. 낚시를 잘 못하는 것은 사실이기 때문이다.

"좀 전에 물고기 한 마리가 진 형의 미끼를 물고 갔소이다."

"이런."

진파랑은 얼른 낚싯대를 들었고, 장천사의 말처럼 미끼가 없어진 것을 확인했다.

"하하하하! 원래 인생이 다 그런 것이라오. 낚시 같은 것이지."

장천사는 재미있다는 듯 웃음을 흘리더니 잉어를 다시 강으로 돌려보냈다.

첨벙!

강물 속으로 들어간 잉어를 쳐다본 진파랑이 조용히 입을 열었다.

"장 선배가 저를 구했다고 하셨는데, 정말입니까?"

"다 죽어가는 진 형을 보고 그냥 지나칠 수가 없어서 가지고 있던 공청석유를 쓰긴 했는데, 뭐 후회하지는 않소이다."

진파랑은 공청석유라는 말에 크게 놀란 표정을 보였다. 전설처럼 전해지는 진기한 영약이기 때문이다. 한 방울에 일 갑자 이상의 내력을 얻고 백 년은 산다고 알려진 신선조차 얻기 어렵다는 약이다. 그러한 약을 자신에게 썼다는 것에 진파랑은 놀랄 수밖에 없었다.

그리고 그때 왕만을 만난 이후 내공이 크게 늘어난 이유에 대해 의문이 풀린 듯했다. 그때는 모두 왕만의 은혜라고 생각했는데 그게 아니라는 것을 알게 되자 기이한 기분이 들었다.

"무공은 좀 늘었소?"

장천사가 슬쩍 쳐다보며 묻자 진파랑은 고개를 끄덕였다.

"물론입니다. 물론 장 선배에 비할 바는 아니지만 그래도 많이 늘었지요."

"조만간 내 앞에 나타날지도 모르겠소이다."

"갈 것입니다."

진파랑의 대답에 장천사는 희미한 미소를 보였다. 과거에 자신이 본 진파랑과 지금의 진파랑은 전혀 다른 사람이었다. 지금의 그는 자신의 곁에 바짝 다가온 무인으로 보였다.

"쉽지 않을 것이오. 세상에는 사세만 있는 게 아니니 말이오. 소림도 있고 무당도 있으며 화산과 아미도 있소이다. 거기다 마교까지⋯⋯."

"마교."

진파랑은 마교라는 말에 흥미를 보였다. 그러자 장천사가 다시 말했다.

"물론 마교야 거의 사라지다시피 했지만 그들의 무공까지 사라진 것은 아니라오. 내가 간 길을 걷게 될 것이라면 분명 진 형 앞에 나타날 것이오."

진파랑은 그 말에 읍했다.

"가르침을 주서서 감사합니다."

"그렇게 겸손할 필요는 없소. 진 형은 충분히 강한 사람으로 보이니 말이오."

장천사는 다시 한 번 낚싯대를 들어 올려 손바닥만 한 붕어를 잡더니 다시 놓아주었다. 벌써 두 마리째다.

"진 형은 여자가 있소?"

"있습니다."

"좋을 때구려."

장천사는 희미하게 웃으며 고개를 끄덕였다. 청춘이란 생각이 들었기 때문이다.

진파랑은 마지령을 떠올렸다. 그녀의 모습이 다시 생각나자 문득 입가에 미소를 그리게 되었다. 그녀만 생각하면 기분이 좋았고, 마음 같아선 당장에라도 달려가고 싶었다. 하지만 지금은 그것보다 우선해야 할 과제가 있었다.

강호로부터 마지령을 책임지고 지켜낼 수 있는 힘이 필요했다. 누군가를 사랑하고 함께하고 싶다면 그만큼 큰 책임이 따른다. 그 책임을 다할 때 사랑도 지킬 수 있는 게 아닐까?

진파랑은 마지령보다 더욱 앞선 고수가 되고 싶었다. 그게 그의 소망 중 하나이고 목표였다. 그녀와 어깨를 나란히 하는 것도 좋지만 한발 앞서 나가 듬직한 등을 보여주고 싶었다.

"장 선배는 낚시를 좋아하시는 모양입니다?"

"좋아하는 것보다 잘하는 것이오."

휘릭!

또다시 낚싯대를 올리자 붕어 한 마리가 튀어 올랐다. 장천사는 만족스럽다는 듯 붕어를 낚아챈 뒤 다시 강에 던져주었다.

첨벙!

붕어가 물에 들어가며 자유를 외쳤고, 진파랑은 자신의 낚싯대를 들어보다 아무런 반응이 없자 인상을 굳혔다.

'자리 탓인가.'

진파랑은 문득 자리를 옮기는 게 좋을 것 같다고 생각했다. 멀지 않은 곳에 자리를 잡고 있는 장천사의 자리가 명당이란 생각이 들며 다음에 올 때는 저 자리에서 잡아야겠다고 생각했다.

"장 선배와의 거리가 어느 정도인지 궁금하니 겨루고 싶습니다."

진파랑의 말에 장천사가 고개를 돌렸다. 진파랑은 진중한 표정이었고, 정말 겨루고자 하는 마음이 커 보였다.

장천사는 미소를 던지며 고개를 저었다.

"자네와 겨루고 싶은 마음이 없는 것은 아니나 워낙에 바쁘고 선약이 많은 사람이라 아직은 때가 아니라오. 정 겨루고 싶다면 보름 뒤에 천문성으로 오는 게 어떻겠소? 어차피 그곳으로 가야 하니 온다면 좋은 구경거리를 보게 될지도 모른다오."

장천사의 대답에 진파랑은 아쉽다는 표정을 보였다.

"천문성과는 원한 관계가 깊어 갈 수 있을지 모르겠습니다."

"원한에 얽매이지 않은 사람은 없으니 모두 다 해결한다 해도 소용없는 일이라오. 나 역시 원한이 없다 하지만 그건 내가 없는 것이지 타인이 없는 게 아니라오. 내게 원한을 가진 사람들은 지천에 널렸다오. 하하하하!"

장천사는 크게 웃었다. 그의 말대로 장천사는 강호에 원한이 없지만 자신에게 원한을 가진 사람은 많았기 때문이다. 물론 그게 다 소용없는 것이라 스스로 생각하지만 어디 그게 자신만의 생각으로 해결될 일이던가?

각자 자기만의 산이 있는 법이다. 그 산의 법칙대로 움직이는 게 사람이다.

장천사가 진파랑에게 다시 말했다.

"원한에 물러서지 마시오."

그의 한마디에 진파랑은 굳은 표정으로 침묵했다.

'도망이라⋯⋯.'

진파랑은 자신이 천문성에게서 도망친 게 아닌가 하는 생각이 들었다. 물러섰다는 건 도망친 거나 다름없기 때문이다. 하늘을 보니 아직 해는 중천이고 시간이 정지한 것처럼 느껴졌다. 간간이 불어오는 소슬바람이 시간의 흐름을 알려주고 있다.

"잘 알겠습니다."

진파랑은 대답 후 다시 낚시에 집중했다. 오늘은 한 마리라
도 잡아야 막혀 있는 가슴이 뚫릴 것 같았기 때문이다.

진파랑은 문득 만나고 싶던 장천사를 만났는데도 투기가
일어나지 않는 것에 대해 이상함을 느꼈다.

'내 눈앞에 있는 저 사람이 진정 그 일기 장천사란 말인
가?'

일기(一期:강호에는 단 하나의 약속만이 존재한다.)

그가 남긴 강호의 약속이란 무엇일까? 그리고 그가 이렇
게 젊은 사람이란 것을 강호의 사람들은 알고 있을까? 그와
다른 사세의 남은 세 사람은 모두 강호의 한 축을 맡고 있을
정도로 대단한 위세를 떨치고 있으며 환갑에 가까운 자들이
다.

그런 그들과 어깨를 나란히 하는 저 사람은 과연 어떤 사람
일까?

'괴물이로구나.'

진파랑은 자신이 얼마나 대단한 괴물과 마주하고 있는지
실감하지는 못했지만 그런 느낌이 들었다. 그리고 괴물 옆에
서 있는 게 쉬운 일이 아니라는 것과 오늘은 운이 매우 좋았

다는 것을 알았다.

"오늘 진 형과 좀 더 오래 있고 싶었으나 손님이 온 것 같아 그러지 못해 아쉽소이다."

장천사는 말을 하며 원강의 맞은편을 쳐다보았고, 진파랑 역시 그의 시선을 따라 강 건너를 보았다. 그곳에 흰 도복 자락을 휘날리며 짧은 수염의 장년인이 서 있었는데 그는 장천사를 발견하자 어깨에 메고 있던 검을 뽑아 손에 쥐었다.

"종두남산하(種豆南山下)한데 초성두묘희(草盛豆苗稀)라. 침신리황예(侵晨理荒穢)하고 대월하서귀(帶月荷鋤歸)라. 도협초목장(道狹草木長)하여 석로첨아의(夕露沾我衣)라. 의첨부족석(衣沾不足惜)이나 단사원무위(但使願無違)라. 하하하하!"

큰 웃음소리와 함께 도사가 땅을 차고 도약해 십여 장의 넓이를 가진 원강을 그대로 뛰어넘었다. 아니, 날았다고 표현하는 것이 맞을 것이다. 그는 허공에 오 장 가까이 오르더니 손에 들고 있는 검을 던졌다.

피잉!

강한 회전과 함께 허공에서 날아드는 검은 분명 호선을 그리고 있었으며, 도사는 여전히 날고 있었다.

"이기어검."

평생 한 번 보기도 어려운 검을 본 진파랑은 벌떡 일어섰고, 도사의 검을 바라보던 장천사는 낚싯대를 쳐올려 막았다.

땅!

튕겨 나간 검은 허공을 맴돌다 원을 그리며 도사의 오른손에 잡혔다.

"장 형, 전원으로 돌아간 삶은 재미가 있소이까?"

도사가 외치자 장천사는 펄쩍 뛰어올라 도사의 우측으로 몸을 돌려 강을 뛰어넘었다.

"전원생활은 청풍 형이 먼저 하지 않았소? 오늘은 쉬고 싶으니 본인은 이만 물러가겠소이다."

"어딜 가시려는 것이오, 장 형? 오랜만에 회포나 풉시다."

탁!

좀 전에 장천사가 있던 자리에 내려선 도사는 다시 땅을 차고 장천사를 따라 원강을 뛰어넘더니 금세 진파랑의 눈앞에서 사라졌다.

"남산 아래에 콩을 심었는데 잡초만 무성하고 콩 싹은 드물더라. 새벽부터 잡초 우거진 밭을 매고 달빛 받으며 모미 메고 돌아온다. 길은 좁은데 초목이 길게 자라 저녁 이슬이 내 옷을 적시는구나. 옷 젖는 거야 아까울 게 없으나 다만 농사나 잘되기를 바라노라."

진파랑은 도사가 한 말을 되뇌며 그들이 떠나간 자리를 쳐다보았다.

장천사와의 만남은 꿈과도 같았고 도사의 무위는 흉내 내기 어려운 경지의 것으로 보였다. 하지만 그것은 과거의 얘기였다. 지금은 조금만 노력한다면 그들과 나란히 설 수 있을 것만 같았다. 그 변화는 매우 중요한 것이었다.

그때 진파랑이 손에 쥐고 있던 낚싯대에 반응이 왔다.

"으차!"

진파랑이 크게 소리치며 낚싯대를 들자 붕어 한 마리가 파닥거리며 튀어 올랐다. 진파랑은 과거의 실수를 상기하며 힘 조절을 하다가 붕어를 천천히 뭍으로 끌어당겼다. 펄쩍거리는 붕어가 처음으로 그의 손에 잡혔다.

"하하하하하!"

진파랑은 가슴이 뚫린 듯 호쾌하게 웃었다.

＊　　　＊　　　＊

긴 담장들 사이로 걷고 있는 운강의 표정은 그리 밝지 않다. 천문성과의 전쟁이 끝난 것도 아닌데 뜻하지 않는 손님이 나타났기 때문이다.

그 손님은 보름 전에 불쑥 찾아왔는데 운강에게 매우 큰 부담감을 주고 있었다. 그런데 그런 손님이 한 명만 온 게 아니라는 게 문제였다.

별채 안으로 들어선 운강은 서재의 넓은 문들을 모두 열어 놓고 앉아 있는 중년인을 볼 수 있었다. 그는 운강에게 시선을 슬쩍 던지다 다시 손에 쥔 책을 읽었다. 운강이 들어와 인사했다.

"운강입니다."

"앉지."

책을 보던 운지학은 여전히 책에서 시선을 떼지 않고 말했다. 그의 목소리에 운강은 의자에 앉았다.

보름 전 그가 나타나기 전까지 운지학이 운가의 사람이란 생각은 단 한 번도 해본 적이 없는 운강이다. 그런데 그가 운가의 사람이란 것에 놀랐고 운가에서 그를 쫓아냈다는 것에 다시 놀랐다.

보름 전.

운강은 구천혁이 천문성으로 떠난 뒤 초조한 마음에 아침부터 대전에 머무는 것이 일상이 되어버렸다.

천문성과의 평화를 바라는 마음은 없었지만 지금은 분명 세가를 위해서라도 천문성과 휴전을 하는 게 옳은 일이었다. 세가를 바로잡고 힘을 키운 다음에 다시 천문성과 자웅을 겨룰 생각이었다. 그러나 준비의 시간은 짧게 하고, 천문성과의 싸움은 영원히 끝내지 않을 거라 다짐했다. 하지만 그건 자신이 세가주의 자리에 앉아 있을 때의 이야기다.

첩의 자식인 자신은 어디까지나 임시였다. 그 사실을 운강은 잘 알고 있었기에 다시 싸워야 한다고 생각했다. 그래서 확실하게 매듭을 지어놓아야 했고, 그게 자신이 해야 할 일이었다. 지금의 세가를 지키고 운구한의 장자인 운인에게 이 자리를 물려주어야 한다.

이제 약관의 청년인 운인이 이 세가주의 자리에 앉기에는 무리가 있고 무공도 아직 운강에 비해 모자랐기에 물러서 있는 상태였다. 현재 운인은 안전한 곳에서 무공 수련에 집중하고 있었다.

대전의 문을 열고 들어선 운강은 몇 걸음 내딛다가 태사의에 앉아 있는 중년인을 발견하고는 걸음을 멈췄다.

중년인은 마치 그 의자가 자신의 자리라도 되는 듯 자연스럽게 보였는데 옆에 놓인 다탁에서 차를 따라 마시는 여유까지 있었다. 그는 운강이 들어온 것을 발견하고 수염을 쓰다듬었다.

"누구시오?"

운강은 경계를 하면서도 조심스럽게 물었다. 그의 목소리가 넓은 대전에 울리자 중년인은 고개를 미미하게 끄덕였다.

"네가 운강이로구나."

"누구신지 물었소."

운강은 여전히 강한 경계의 눈빛을 던졌으며, 금방이라도 출수할 수 있게 허리에 차고 있는 검의 손잡이를 자연스럽게 잡았다.

중년인이 수염을 쓰다듬으며 대답했다.

"나는 운지학이라 한다."

"운지학."

운강은 운지학이란 이름을 어디서 많이 들어본 것 같다고 생각했다. 평소라면 그 이름을 들었을 때 바로 알았을 것이지만 긴장한 나머지 생각이 잠시 막힌 것이다. 그게 아쉬웠던 것일까? 운지학이 입을 열었다.

"하긴… 운가에서 나를 거론하는 것 자체가 금지였지."

운지학의 말에 운강은 정신을 차리고 눈을 크게 떴다. 일광운지학이란 사실을 알았기 때문이다.

"말학 후배 운강, 선배님을 뵙습니다."

운강은 긴장한 표정으로 포권하며 인사했고, 운지학은 그 모습에 고개를 끄덕였다. 운강의 이마에 식은땀이 흘렀다. 그가 나타났다는 것은 운가에 흉(凶)이 될 것 같았기 때문이다. 사세 중 사파의 성향이 가장 짙은 인물이 바로 운지학이었기 때문이다.

"그렇게 긴장할 필요 없다. 나는 과거 운가의 사람이었으니까."

운지학의 말에 운강은 다시 한 번 놀란 표정을 보였다.

第二章
혈풍(血風)이 분다

운지학은 오랜만에 고향에 돌아온 기분인지 빈 천장을 응시하며 가끔 한숨을 내쉬기도 했다. 과거의 수많은 기억이 그의 머리를 스치고 지나갔으며, 후회와 번민의 시간과 즐거움과 행복하던 추억들도 떠올랐다.

  "죽기 전에 내가 이곳에 올 줄은 몰랐구나."

  두 번 다시 오지 못할 것 같은 곳에 들어와 있다는 것에 운지학은 감회에 젖어 있는 듯했다. 운지학은 죽기 전에 와야 할 곳이라 생각했고, 조사당에 자신의 위패가 남겨지기를 바랐다. 하지만 그건 그의 바람일 뿐이고 그의 이름은 이곳에

남을 수 없었다.

그 사실을 잘 알고 있는 운지학이다.

"선배님께서 운가의 사람인 줄은 몰랐습니다."

운강의 말에 운지학이 답했다.

"아는 사람만 알고 대다수의 사람은 모르는 일이다."

운지학은 대답한 후 차를 따라 마셨다.

"운 선배께서 이곳에는 어인 일로 오셨는지요?"

운강의 물음에 운지학은 차를 마신 뒤 대답했다.

"천문성과의 싸움도 있고 운가에 위기가 온 것 같아 잠시 나온 것이다. 천문성과의 원한은 운가에만 있는 게 아니니 오래 머물 생각은 없다. 쉴 방을 내준다면 조용히 있다가 갈 것이니 걱정하지 말거라."

운강은 운지학의 말에 여러 가지 생각이 머리를 스치고 지나갔다. 운지학의 말이 사실이라면 그는 운가에 해가 될 것으로 보이지 않았다. 운가에서 태어나 자란 것이 분명해 보였기 때문이다. 자신의 집안을 해할 사람은 없을 것이다.

"본 가에 원한은 없으십니까?"

운강의 물음에 운지학은 수염을 쓰다듬으며 옛 생각에 잠긴 듯 보였다.

"내가 원한을 가진 사람은 모두 흙으로 돌아갔더구나."

그의 말에 운강은 짧은 숨을 내쉬었다. 긴장한 마음이 조금은 풀렸기 때문이다.

"제가 방을 안내하지요."

"그래."

운강이 먼저 대전을 나섰고, 그 뒤로 운지학이 따라 나왔다. 둘은 높은 담장 길을 걸어 후원으로 향했다.

"예전에 비해 사람이 적군."

운지학은 이 길을 오가던 많은 사람들을 떠올리며 말했다. 운강이 빠르게 답했다.

"시기가 시기인 만큼 일꾼과 종은 모두 집으로 보냈습니다. 본가의 녹을 먹고 사는 일반 사람들까지 피해를 봐서는 안 되니까요."

"그렇지. 잘한 일이다."

무공을 모르는 사람들까지 말려들게 할 수는 없다는 운강의 말에 운지학은 이해한다는 표정이다. 운지학이 다시 말했다.

"천문성이 이토록 강하게 나온 이유가 무엇이라 생각하느냐?"

그의 질문에 운강은 깊은 고민에 빠진 얼굴이 되었다.

"잘 모르겠습니다. 과거부터 지금까지 이어온 원한의 결과가 아니겠습니까? 그게 아니라면 본 가의 힘이 미약하기에 그런 것이겠지요."

"그렇지 않다."

"이유가 있습니까?"

운강이 궁금한 얼굴로 묻자 운지학이 짧은 숨을 내쉬며 천천히 대답했다.

"운가의 힘이 약한 게 아니라 운가의 힘을 이어갈 후계가 없기 때문이다. 이는 남궁세가나 모용세가도 마찬가지이며 은성세가 역시 마찬가지다. 그 후계자 중에 인재가 없으니 천문성의 입장에선 좋은 기회가 되겠지. 현재의 자네도 직계가 아닌 방계이지 않느냐? 방계가 운가주가 되는 경우는 없었다. 앞으로도 그럴 것이고, 이는 다른 세가도 마찬가지다. 운가주가 죽은 지금 당장에 운가의 비전 검법이 절전될 위기에 있지 않느냐?"

운지학의 말에 운강은 잠시 걸음을 멈췄다.

"본 가의 비전 검법은 제가 알고 있습니다."

"그렇다면 다행이구나. 네가 가르치면 되겠지. 하나… 그 때까지 천문성이 기다려 줄지 의문이다."

그 말에 운강은 대답을 하지 못하고 다시 걸음을 옮겼다. 운지학은 그 뒤를 따르며 천천히 주변을 둘러보았다. 곧 후원을 지나 별채의 문을 열고 들어가자 운강이 말했다.

"이곳에서 쉬시기 바랍니다."

"그래, 저녁에 다시 오거라."

"예."

운강의 대답을 들은 운지학은 별채로 들어가 문을 닫았다. 그가 완전히 사라지자 운강은 다시 대전으로 향했다.

하지만 그는 다시 지객당으로 향해야 했다. 천문성으로 갔던 구천혁이 돌아왔기 때문이다.

*　　　*　　　*

식당 안에는 커다란 원형의 식탁이 놓여 있고, 그 주변으로 다섯 명의 남자가 모여 앉아 있다. 즐거운 식사 시간이었지만 아무도 입을 여는 사람은 없었고 기이한 열기가 실내에 넘쳐났다.

운강은 침묵한 채 앉아 조심스럽게 젓가락을 들고 있었다. 그와 마찬가지로 악무루와 청공 역시 경직된 표정이다. 그들 사이로 서로의 얼굴을 마주 보고 앉은 운지학과 구천혁은 강한 기도를 내뿜고 있었다.

그 둘이 만들어낸 무거운 공기는 금방이라도 터질 것처럼 보였다.

쩝! 쩝!

악무루가 저도 모르게 음식 먹는 소리를 내자 청공과 운강의 싸늘한 시선이 향했다.

"시끄럽군."

구천혁의 한마디에 악무루는 다 씹지도 못한 음식을 목구멍으로 넘겼다. 이런 무거운 분위기가 된 것은 식사 시간에 모두 한꺼번에 모였기 때문이다.

운강은 괜히 분란을 만들고 싶지 않아 운지학의 존재를 숨기고 있었는데, 운강이 오고 보름이 지난 후 구천혁과 운지혁은 우연히 서로의 얼굴을 보게 되었다.

운지학이 갑작스럽게 식당으로 들어오지 않았다면 모두와 만나지는 않았을 것이다.

"강북 촌놈이 강남까지는 왜 왔지? 그때 강북으로 돌아간 것 아니었나?"

운지학의 말에 구천혁은 살짝 안색을 찌푸렸지만 금세 본래의 훈훈한 미소를 입가에 그렸다.

"새외에서 흙밥만 처먹던 녀석이 잘도 강남 공자 흉내를 내는구나?"

"강북 촌놈은 강남의 쌀밥을 그리워한다지?"

"천외성에선 고기도 못 먹는다고 하지 않았던가? 거기는 회족이 많아 돼지고기를 판매하지도 않는다고 들었는데?"

"뭐 그런 시시껄렁한 이야기는 되었고, 왜 여기에 있지?"

운지학이 말을 막으며 묻자 구천혁은 젓가락을 내려놓으며 차를 마셨다.

"강호의 평화를 위해 중재를 좀 했지. 네놈이 나타나서 방해를 하지만 않았어도 이 싸움은 잘 마무리되었을 것이네."

"네놈이 중재를? 개가 웃을 일이군."

운지학이 비웃자 구천혁은 슬쩍 살기를 보였지만 금세 거뒀다. 후배들이 곁에 있기 때문이다.

"저기… 저희는 배가 부르니 이만 일어나겠습니다."

"저도……."

악무루와 운강은 험악한 분위기를 이기지 못하고 슬쩍 일어서려 했다. 구천혁은 말없이 고개를 끄덕였고 운지학도 말리지 않았다.

운강과 악무루가 급하게 일어나자 청공이 금세 그 뒤를 따라 밖으로 나갔다.

"휴, 이거 뭐 밥이 목구멍으로 넘어간 건지 모르겠어."

"두 분이서 원래 사이가 안 좋았나?"

악무루가 투덜거리자 운강이 물었다. 그러자 악무루가 답했다.

"잘은 모르지만 사세들은 모두 사이가 좋지 못하다고 들었어. 우리가 모르는 뭔가 큰 사연이 있지 않을까?"

악무루의 대답에 운강은 고개를 끄덕였다. 악무루가 물었다.

"그런데 운 선배는 운가의 사람이라고 하던데, 사실이야?"

"맞아."

"놀랍군."

악무루는 상당히 놀라운 표정으로 고개를 저으며 다시 말했다.

"아까 운 선배가 나타났을 때 식은땀이 주룩 흐르는데, 휴, 견디기 힘들더군."

"나도 처음에는 그랬지."

운강은 처음 운지학을 대면했을 때를 떠올리며 답했다.

운강을 비롯한 청공과 악무루가 나가자 단둘만이 남은 식당 안의 공기는 더욱 무겁게 가라앉았다.

구천혁은 운중세가에서 운지학과 싸울 생각이 없었다. 다른 세가에서 사사로운 감정 때문에 싸운다면 세인들의 입에 안 좋은 소리가 담길 것이 분명하기 때문이다. 운지학은 자신의 고향에서 힘을 쓰며 싸울 생각이 없었다.

"왜 왔지?"

팔짱을 낀 구천혁이 묻자 젓가락을 막 움직여 남은 밥을 털어 먹던 운지학이 인상을 굳혔다. 그는 젓가락을 내려놓으며 말했다.

"운가에 위기가 닥쳤는데 보고만 있을 수가 있어야지."

운지학의 대답에 구천혁은 깊은 한숨을 내쉬었다.

"문가 놈이 부른 것임을 잘 알면서도 온 것인가?"

운지학은 알고 있다는 듯 고개를 끄덕이며 차를 마셨다. 구천혁이 다시 물었다.

"죽으려고 온 것인가?"

"내가 죽기를 바라는 네놈이 내 걱정을 해주는 것이냐?"

"내 손에 죽기를 원하지 다른 놈의 손에 죽기를 원하지는 않아."

구천혁의 말에 운지학은 그럴 줄 알았다는 듯 미소를 보였다.

"여전히 나를 원망하는군."

"네놈이 아니었다면 문 소저는 죽지 않았겠지."

문 소저라는 말에 운지학의 표정이 살짝 굳었다. 그는 침음을 삼켰고, 구천혁이 다시 말했다.

"문가 놈은 그때의 일을 기억하고 있을 것이네."

구천혁의 말에 운지학은 고개를 끄덕였다. 자신의 실수 때문에 죽은 한 여자가 떠올랐고, 그 여자의 얼굴은 잊히지 않고 있었다.

"그건 그렇고, 장가 놈이 나타났는데 어찌할 생각인가?"

"장천사라……."

"태청보록(太淸寶錄)."

구천혁의 한마디에 운지학의 어깨가 살짝 흔들렸다. 태청보록은 수많은 절대고수들의 무공이 담겨 있는 보물이고 기록이다. 그 무공서를 본다는 것 자체가 곧 천하제일에 다가선다는 뜻이기도 했다. 하지만 태청보록은 장천사의 손에 있었으며 뺏을 수 있는 무공서도 아니었다.

"장가 놈의 약속을 기억하는가?"

구천혁이 다시 물었다.

"기억하지."

운지학은 고개를 끄덕이고 수염을 쓰다듬으며 살짝 미간을 찌푸렸다. 그 약속은 간단했지만 결코 쉬운 게 아니었기 때문이다. 운지학이 말했다.

"장가 놈이 그랬지. 자신을 이긴다면 태청보록을 보여주겠다고 말이야. 그 약속을 지킬 테니 이겨보라고 했지. 그 건방짐과 오만함에 어이가 없었지만⋯ 이길 수 없었어."

"그랬지."

구천혁도 동의하는 듯 보였다. 운지학이 다시 말했다.

"포기하고 있었는데 얼마 전 젊은 후배 하나가 장가 놈을 이기겠다고 하더군. 놈을 이길 것이라는 그의 말을 들었을 때 왜 나는 포기했을까? 하는, 그런 생각이 들었네."

"싸울 건가?"

"그래야지."

운지학의 대답에 구천혁이 미소를 보였다. 그도 같은 생각이기 때문이다. 구천혁이 말했다.

"문가 놈도 같은 생각일 것이야. 그놈이 장가 놈을 부른 것도 다 태청보록 때문일 텐데……."

태청보록이란 무공서 앞에선 과거의 원한조차도 잊어버리는 그들이다. 그러한 생각은 문홍립도 마찬가지일 것이다. 그들에게 가장 우선순위가 되는 것은 무공서이기 때문이다. 이미 천하를 발아래에 두는 고수들이지만 더욱 높은 곳으로 올라서고픈 욕망이 있었다. 그 욕망은 오랜 세월이 지나 나이가 들었어도 변함이 없는 기본적인 욕구와도 같았다.

"어차피 우린 서로 해결해야 할 묵은 감정이 있네."

구천혁의 말에 운지학은 무슨 소리를 하느냐는 듯 슬쩍 쳐다보았다. 구천혁이 다시 말했다.

"잠시 서로의 감정을 묻어두고 장천사에게 집중하는 게 어떻겠나?"

"언제까지?"

구천혁의 제안에 운지학이 물었다. 사실 구천혁과 얽히는 것은 귀찮은 일이었고 싸우는 것도 지겨웠다. 그건 구천혁도 마찬가지일 것이다. 두 사람은 서로 죽이고 싶어도 죽이기 어려운 상대였다.

"달포 정도?"

구천혁의 말에 운지학이 고개를 끄덕였다.

"좋지. 그렇게 하세."

"하나 달포가 지나면 나는 분명 네놈에게 묵은 감정을 물을 것이야."

"그러지."

운지학은 문득 강호에 나오길 잘했다는 생각이 들었다. 이렇게 시끄러운 세상은 그 어디에도 없을 것이다.

*　　*　　*

천문성의 후원 깊숙한 곳에 자리한 내전(內殿)에 들어선 문대영은 태사의에 앉아 있는 문홍립에게 고개를 숙였다.

"왔습니다."

문대영의 목소리를 들은 문홍립은 가만히 고개를 끄덕이더니 곧 손을 저었다.

"가서 쉬거라."

"예."

문대영은 짧게 대답한 후 밖으로 나갔다. 수고했다거나 그동안의 일에 대해 물을 법도 하건만 아버지와 아들 사이에 그러한 대화는 없었다.

내전을 빠져나온 문대영은 수하들과 함께 자신의 집무실로 향했다. 천문성에 복귀한 문대영은 심히 편치 않은 마음이

었지만 그의 수하들은 오랜만에 가지는 휴식이라 매우 좋을
것이다.

"내원에는 안 가십니까?"

"밤에 가도 늦지 않아."

수하의 물음에 문대영은 빠르게 말한 뒤 바쁘게 걸었다. 내
원이라 함은 그의 집이고 아내가 있으며 그가 매일 자던 침실
이 있는 곳이다. 하지만 문대영은 오랜만에 천문성에 복귀했
으면서도 내원으로 가지 않았다.

집무실로 들어서는 문대영에게 수하가 다가와 지본소가
와 있다고 일러주었다. 문대영은 조금 귀찮다는 표정으로 걸
음을 옮겼고, 서재에 앉아 있는 지본소를 발견하자 들어오라
이르며 집무실 문을 열었다.

의자에 앉은 문대영의 앞에 지본소는 굳은 표정으로 서 있
었다. 그는 문주영을 대할 때와 전혀 다른 태도로 문대영을
대하고 있었다. 긴장된 표정으로 문대영의 눈치를 살피는 듯
보였다.

"저예요."

기다렸다는 듯이 신주주가 모습을 보였다. 그녀는 안에 서
있는 지본소를 발견하고는 살짝 아미를 찌푸렸다. 지본소가
얼른 신주주에게 인사하자 신주주는 살짝 고개만 끄덕였다.
그녀는 문대영에게 시선을 던지며 물었다.

"나가 있을까요?"

"아니."

문대영의 대답에 신주주는 한쪽에 놓인 다탁 앞에 앉아 차를 따라 마셨다. 문대영이 지본소를 향해 싸늘한 표정으로 물었다.

"고향에 돌아가 푹 쉬라고 했을 텐데?"

문대영의 목소리에 지본소는 그럴 수 없다는 듯 대답했다.

"제게 고향으로 가라는 소리는 더 이상 천문성의 사람으로 살지 말라는 뜻이 아닙니까? 그럴 수는 없습니다."

"그래서? 어쩌자는 거냐? 네 능력이 아까워 고향으로 보내는 것이다. 후에 쓰일 때가 있을 테니 그때까지 쉬거라."

더 이상 지본소에게 볼일이 없다는 듯 문대영은 차갑게 말하며 나가라는 손짓을 했다. 그러자 지본소가 빠르게 말했다.

"기회를 주신다면 백천당을 다시 만들어 진파랑을 죽이고 오겠습니다."

"기회? 기회라고? 백천당이 열 개가 된다 하더라도 진파랑은 못 죽여. 그자의 무공은 이미 일정 수준을 넘어선 상태다. 그런 자를 상대로 다시 기회를 달라고? 네 선을 떠난 문제야. 그 일은 내가 알아서 처리할 테니 그만하거라."

"진파랑을 죽이는 일은 본 성의 자존심이 걸린 문제입니다. 그 일에 꼭 나서고 싶으니 기회를 주십시오."

문대영은 조금 짜증이 난다는 표정으로 인상을 찌푸렸다.

"백천당의 당원들은 네놈 혼자만을 남겨두고 모두 죽었다. 모두, 그들이 모두 죽었을 때 네놈도 같이 죽었어야지. 그게 네놈의 기회였어."

문대영의 말에 지본소는 굳은 표정을 보였다. 그의 말이 틀린 것이 아니었기 때문이다. 그때 신주주가 말했다.

"아무런 계획도 없이 백천당을 다시 만들어 진파랑을 죽이겠다고 하겠어요?"

문대영이 차갑게 시선을 돌리자 신주주가 지본소를 향해 다시 말했다.

"지 당주가 저러는 것을 보아하니 뭔가 계획이 있는 것 같은데 한번 들어보는 것은 어떨까요? 아무런 계획도 없이 기회를 달라고 할까요?"

신주주의 말도 일리가 있기에 문대영은 인상을 찌푸렸다.

"계획이 있다……."

"있습니다."

지본소가 답하자 문대영은 팔짱을 끼며 고개를 끄덕였다. 그 계획이란 것을 듣는다고 해서 손해 볼 것은 없기 때문이다. 더욱이 지본소는 천문성에서 백천당의 당주에 오른 인물이다. 그만큼 능력이 있고 공이 많은 후지기수였다. 그의 공을 잊어서도 안 되었다.

"말해봐."

지본소가 재빠르게 입을 열었다.

"다섯 명을 주십시오. 그리고… 어려운 부탁일지 모르나 마공서(魔功書)가 필요합니다."

"마공서?"

"흥미롭네요."

문대영은 실소를 흘렸고, 신주주는 자리에서 일어나 문대영의 곁으로 다가갔다. 그녀는 문대영의 옆에 서서 지본소를 향해 물었다.

"마공서라고? 네가 지금 무슨 짓을 하는 것인지 알고서 하는 부탁이냐?"

천문성의 사람이 마공을 익혔다는 것 자체가 문제가 되는 일이었다. 잘못되면 천하인의 지탄을 받을 것이다. 무엇보다 익힌 사람의 인성이 사라지고 살육(殺戮)만이 남는다고 알려진 것이 마공이다.

"본 성에 마공서는 없다."

문대영이 잘라 말했다. 천문성에 마공서가 없다는 것에 지본소의 표정이 굳었다.

그는 천문성이 과거 마인들을 상대하면서 그들이 남긴 마공서를 꽤 많이 소장하고 있는 것으로 알고 있었다. 하지만 문대영은 분명 없다고 말했고, 그가 없다고 한다면 없는 것이다.

"다섯 명은 누구지?"

"모두 진파랑을 죽이는 데 목숨을 걸어야 할 사람들입니
다."

"목숨을 건다…… 죽이지 못하면 자결이라도 할 사람들이
냐?"

"그렇습니다."

문대영의 물음에 지본소가 답했다.

"네놈도?"

"예."

지본소는 당연하다는 듯 망설임 없이 고개를 끄덕였다. 그
게 마음에 들었을까? 문대영이 팔짱을 풀며 말했다.

"본 성에 마공서는 존재하지 않지만 익히면 안 되는 무서
운 금서는 존재하지. 육방신서(六方神書)라고 하는데, 반 시진
동안 삼 갑자에 달하는 내공을 얻게 된다. 하지만 이게 금서
인 이유는 한번 펼치면 그 당사자가 죽기 때문이다."

문대영의 말에 지본소의 표정이 굳어졌으며 신주주도 살
짝 놀란 눈빛을 던졌다. 신주주 역시도 처음 들어보는 무공서
였고, 그러한 무공이 존재한다는 것 자체를 모르고 있었다.

"하겠느냐?"

문대영의 목소리는 차가웠다.

지본소는 선택을 해야 했기에 길게 생각하지 않았다.

"진파랑을 죽이겠습니다."

지본소의 대답에 문대영은 알겠다는 듯 물었다.

"다섯 명은?"

"제가 데려오겠습니다. 대신 누굴 데려와도 허락해 주셔야 합니다."

"그렇게 말하는 것을 보아하니 옥에 갇혀 있는 놈들도 포함되어 있는 모양이군?"

"그렇습니다."

문대영의 물음에 지본소는 담담한 표정으로 대답했다. 이미 하기로 한 이상 망설일 이유가 없기 때문이다. 문대영은 흥미를 느낀 듯 미소를 보였다.

"인원이 모이면 보고해."

"예."

지본소가 대답한 후 밖으로 나가자 신주주가 입을 열었다.

"위험하지 않을까요?"

"무슨 의미지?"

"스스로 죽겠다고 하니까요. 지본소는 자기 목숨을 버리면서까지 일을 벌이는 사람이 아니에요."

"두고 보면 알겠지."

문대영도 그 점을 알고 있다는 듯 대답했다. 그의 의중은 신주주도 정확히 파악할 수 없었다. 지본소에게 기회를 주는 것이야 어려운 일이 아니었다. 백천당은 새로 만들면 그만이고, 지본소에게 당주는 아니더라도 부당주는 줄 수 있었다.

그런데 문대영은 지본소에게 죽으라고 명한 것과 다름없는 제안을 한 것이다. 그것을 받아들이는 지본소도 이해하기 어려웠다. 하나 그건 신주주의 입장이고 지본소의 입장은 전혀 달랐다. 자신에게 치욕을 안겨준 진파랑을 죽이고 싶은 마음이 그 어떤 것보다 크기 때문이었다.

신주주가 말했다.

"진파랑의 소재를 찾았어요."

문대영의 표정이 다시 바뀌었다. 그는 아까와 달리 굳은 표정이다.

"어디지?"

"무공산 인근이라 하네요."

"무공산이라… 멀군."

문대영은 가만히 중얼거린 뒤 다시 말했다.

"근처에 누가 있지?"

"분타를 제외하고는 없어요. 왜요? 사람을 보낼 건가요? 누구를 보내더라도 부담되는 상대임은 틀림없어요."

신주주는 사람을 보낸다는 것에 반대하는 표정이고, 분타의 무사들은 더더욱 안 된다고 생각했다. 그들의 무공은 진파랑의 상대가 아니어서 괜히 지원을 보냈다가는 쓸데없는 죽음만 늘어날 뿐이다.

문대영이 말했다.

"음영대의 살수들을 좀 보내. 그리고 근처에 쓸 만한 고수가 있다면 보내고."

"진파랑은 가볍게 상대할 사람이 아니에요. 천라지망을 펼쳐 말려 죽이는 게 좋다고 봐요. 지금 그들을 보낸다면 모두 죽을 거예요."

"그걸 몰라서 보내는 게 아니야."

"그럼?"

신주주의 물음에 문대영이 다시 말했다.

"어디에 숨어 있어도 천문성은 지켜보고 있다는 것을 알려주기 위함이다. 그걸 알게 된다면 제 발로 찾아오겠지."

문대영의 말에 신주주는 굳은 표정을 보였다.

"좋은 생각이에요."

신주주의 대답에 문대영은 자리에서 일어나 다탁으로 다가가 주전자를 들었다.

"운구한을 끌어들인 것처럼 진파랑도 끌어들이자고."

쪼르륵!

찻잔을 채우는 찻물 소리가 맑게 울렸다.

"죽으라는 소리군."

밖으로 나온 지본소는 가만히 중얼거리며 바닥에 침을 뱉었다. 물론 죽을 생각은 전혀 없었다. 진파랑만 죽일 생각이기 때문에 문대영의 제안을 받아들인 것이다.

"어차피 그 새끼만 죽으면 그만이야."

지본소는 진파랑의 얼굴을 떠올리며 싸늘한 눈빛을 던졌다. 눈앞에 있다면 달려가 죽이고 싶은 게 솔직한 심정이지만 마음과 현실은 다른 법이다. 그의 무공을 견식했기에 신중해야 한다고 생각했다.

지본소는 천문성의 성문을 빠져나와 거리로 향했다.

천문성의 주변으로 거대한 마을이 형성되어 있고 수많은 사람이 오가고 있었다. 그 가운데에는 백의를 입은 지본소의 모습도 보였다. 그는 천문성의 정문으로 이어지는 대로를 걷다 골목길로 들어섰다.

골목길은 대로의 모습과 다르게 그림자가 깊게 드리워져 있었으며 꽤 많은 집이 붙어 있었다. 골목길을 굽이굽이 지나치던 지본소는 좀 넓은 길로 나섰고, 그곳에서 놀고 있는 아이들을 지나쳤다.

아이들의 웃음소리를 들으며 걷던 지본소의 눈에 허름한 담장과 작은 문이 들어왔다. 그는 그 안으로 들어가 좁은 마당을 지나 문을 열고 집 안으로 들어갔다.

짙은 어둠에 휩싸인 집 안에는 아궁이가 보이고 식탁이 있다. 그 뒤로 침상 하나가 끝에 자리를 잡고 있었는데 그 위에 가부좌를 한 채 앉아 있는 청년이 보였다. 지본소는 마치 자신의 집이라도 되는 것처럼 식탁 앞에 앉아 주전자를 들어 물을 마셨다.

그 소리에 눈을 뜬 청년은 지본소를 발견하자 안색을 바꾸며 차가운 눈빛을 흘리기 시작했다. 앞에서 흘러나오는 살기에 지본소는 슬쩍 눈을 돌려 청년을 쳐다보았다.

"눈빛을 보아하니 아직은 살아 있군, 사우령."

"왜 왔지?"

사우령은 지본소가 나타난 것이 싫은 듯 차갑게 물었다.

"볼일이 있으니 왔지."

지본소의 대답에 사우령은 코웃음을 흘린 뒤 자리에서 일어섰다.

"네놈이 내게 볼일이 있다고? 별일이군."

"같은 처지라 그 꼴을 놀리고 싶은데 그러지 못하는 게 아쉬워."

"싸움에 진 개는 물지 않는 법이지."

사우령은 식탁으로 다가가 물을 따라 마셨다.

"술은 없나?"

지본소의 물음에 사우령이 벽의 한쪽을 쳐다보자 곧 지본소가 일어나 술병을 들고 마셨다. 맛은 탁하고 주향이 강한 싸구려 탁주였다.

지본소는 맛이 없자 술병을 내려놓으며 인상을 찌푸렸다.

"별로군."

지본소는 소매로 입을 닦으며 다시 앉았고, 지본소가 내려놓은 술병을 든 사우령은 침상에 걸터앉으며 마셨다.

지본소가 말했다.

"진파랑의 소재가 파악되었다고 하더군."

"그래서?"

"죽여야지."

지본소의 대답에 사우령이 실소를 흘렸다.

"네가? 아니면 내가? 그것도 아니라면 우리가? 네놈이 백 명 된다 해도 모자라."

진파랑의 무공을 견식한 사우령의 대답에 지본소도 부정하지 않았다.

"나나 네놈은 그놈 때문에 많은 것을 잃었지. 직위도, 수하도, 그리고… 사람들도."

지본소의 말에 사우령의 표정이 굳어졌고, 진파랑을 떠올리자 강한 살기가 흘러나오기 시작했다. 마음 같아서는 몇 번이고 찢어 죽이고 싶은 상대이다. 하지만 마음과 현실은 엄연히 달랐다.

지본소가 물었다.

"죽이고 싶을 텐데?"

"죽이고 싶지. 죽여야지."

사우령의 목소리에 담긴 원한에 지본소는 희미한 미소를 그렸다. 주먹을 쥐던 사우령은 번민에 찬 표정으로 짧은 숨을 내쉬며 다시 말했다.

"마음만 가지고 죽일 수 있는 상대는 아니야. 지금의 내 수준으로는 그놈을 잡지 못하지. 그렇다고 죽도록 수련해서 십년이 지났을 때 겨우 그놈과 같은 수준이 된다 해도 그놈은 그때까지 놀고만 있을까? 더 높이 올라가겠지. 따라잡지 못해."

사우령은 고개를 저으며 푸념하듯 말한 뒤 팔베개를 하고 누웠다.

"그놈을 죽이자고 할 거라면 그냥 가라."

"풋! 낙오자가 따로 없군."

지본소의 말에 사우령은 슬쩍 인상을 찌푸렸지만 대답하지 않았다. 그 소리가 나올 줄 알았기 때문이다.

"백천당을 새롭게 만들 생각이다. 물론 과거의 백천당과 지금의 백천당은 전혀 다른 색깔을 가지고 있지."

백천당을 만들겠다는 지본소의 말에 사우령은 인상을 찌

푸렸다. 그래도 위에선 그에게 기회를 한 번 더 준 것 같았기 때문이다.

"새로운 백천당의 목적은 오직 하나, 진파랑의 목이다."

"하하하하!"

지본소의 말에 사우령은 어이없다는 듯 크게 웃었다. 그 웃음소리가 비위에 거슬렸지만 지본소는 화를 내지 않았다. 사우령이 말했다.

"새로운 백천당이 만들어져도 어차피 결과는 같아. 그놈의 무공은 총군을 넘어서 장로급이지. 아니, 그 이상일지도 몰라. 그런데 백천당을 만들어서 죽이겠다고? 웃기는 소리 하고 있군. 관심 없으니 그냥 가봐."

사우령의 말에 지본소는 고개를 끄덕이며 자리에서 일어섰다.

"물론 그렇지. 쉽게 이길 수 있는 상대가 아니니까 말이야. 상식을 뛰어넘는 무공을 소유한 놈이니… 이기지 못할지도 모르지. 하지만 방법이 없는 것도 아니다. 복수를 하고 싶다면 찾아와. 기한은 모레까지다."

지본소는 할 말을 다 한 듯 미련 없이 밖으로 나갔고, 홀로 남은 사우령은 눈을 감은 채 깊은 숨을 내쉬었다.

거리를 빠져나온 지본소가 향한 곳은 마을의 동쪽이었다.

사거리에서 동쪽으로 방향을 잡고 걷는 지본소의 눈에는 여전히 많은 사람들이 오가고 있었다.

'쓸데없이 많아.'

평소보다 배는 더 많아 보이는 사람들의 모습에 지본소는 절로 미간을 찌푸렸다. 이렇게 사람이 많아진 이유는 곧 강호 사세가 모두 천문성에 모인다는 소문 때문이다. 그들의 모습을 한 번이라도 보고 싶어 하는 사람들이 대거 모여드는 중이었고, 이미 천문성의 주변 객잔이나 주점에는 빈방이 없는 상태였다.

지본소는 동쪽으로 나가 천문산을 향해 걸어갔다. 마을을 벗어나자 길게 뻗은 논이 보이고 냇물도 보였다. 멀리 천문산을 끼고 도는 천문성의 긴 성벽도 보였고, 그 주변으로 늘어선 가옥도 보였다.

한참을 가던 지본소는 방향을 돌려 천문성의 성벽으로 향했다. 천문산의 동쪽에 자리를 잡고 있는 동문과 동문 옆으로 커다란 장원이 보였다. 그곳에는 수십 명의 무사가 모여 있었으며 동문을 지키는 무사들의 수 또한 다른 곳보다 많아 보였다.

지본소는 그곳에 도착하자 소매에서 출입증을 꺼내 보인 뒤 안으로 들어갔다.

어둠 속에는 축축한 습기가 가득 살고 있었으며 곰팡이 냄새까지 그곳에 얽혀사는 듯했다. 천장에서 떨어진 똑똑 바닥을 두드리는 물소리도 공명했고, 사람의 숨소리도 미약하게 들리는 것 같았다.

저벅저벅!

계단을 밟고 내려오는 소리에 어두운 공간 속에서 흰색의 눈동자가 반짝였다. 어둠 속에서 반짝이는 눈동자는 마치 불빛과도 같았는데, 그 불빛이 앞으로 슥 나서자 사람의 형상이 그려졌다.

화르륵!

타오르는 횃불의 밝은 빛에 어둠 속에 있던 눈이 감겼다. 곧 불빛에 익숙해지자 눈을 뜬 그는 횃불 옆에 서 있는 젊은 청년을 발견하고 뒤로 물러나 벽에 등을 기대었다. 자신이 원하는 사람이 아니었기 때문이다.

촤르륵!

어둠 속의 인물이 물러서자 쇳소리가 울렸는데 그의 목과 다리, 양팔에 묵직한 쇠가 감겨 있다. 아무리 대단한 고수라도 그것을 끊고 나올 수 없을 것 같았다.

"반요."

자신의 이름에 고개를 든 어둠 속의 괴인은 흰 눈동자를 깜빡이며 청년을 쳐다보았다. 자신의 이름을 부른 것보다 어디선가 들어본 익숙한 목소리였기 때문이다.

"칠 년 만인가? 내 얼굴을 잊었나?"

지본소의 목소리에 반요는 봉두난발의 머리를 뒤로 쓸어 넘기며 그를 지그시 노려보았다. 문득 자신을 잡던 청년의 얼굴이 떠올랐다.

"누군가 했더니 날 이곳으로 데려온 놈이로군."

"내가 백천당의 당주가 된 이후 처음으로 한 일이 네놈을 잡는 것이었지."

"고마운 일이지."

반요는 무심한 목소리를 흘렸고, 지본소는 실소를 흘렸다.

반요는 칠 년 전, 임무라는 이유로 마을 하나를 불태웠던 인물이다. 서른 가구가 넘게 모여 사는 작은 마을이 하루아침에 사라졌고, 그곳에 살던 많은 사람들까지 죽였다. 모두 무공을 모르는 사람들로 임무와는 아무런 상관이 없는 일이었다.

또한 그 일을 숨기기 위해 자신의 수하들까지도 모두 죽였으며 잡으려고 왔던 천문성의 동료들까지도 모두 죽였다고 한다. 그런 그가 스스로 백천당의 지본소에게 잡힌 것이다.

지본소는 칠 년 전 반항 한번 안 한 채 잡혀 들어온 반요를 떠올렸다. 분명 반요에게도 이유가 있을 것이고, 왜 그런 짓을 했는지 물어야 했지만 그런 일은 없었다.

반요는 이 지하 석옥에 들어온 직후 없는 인물이 되어버렸다.

"이곳에서 나가고 싶지 않나?"

지본소의 물음에 반요는 고개를 저었다. 지본소는 흰 이빨을 드러내며 다시 말했다.

"내가 이곳에서 나갈 수 있게 해주지. 어때? 밝은 빛을 보고 싶지 않나? 뜨거운 여체를 탐하고 주향이 강한 술과 고기 냄새를 맡게 해주마."

지본소의 말에 반요는 흔들리는 눈빛을 보였다. 칠 년 동안 이곳에 갇혀 있었기 때문에 지본소의 말에 마른침이 넘어갔다. 그 모습에 지본소가 다시 말했다.

"칠 년 전에 네게 임무를 줬던 문자경은 죽었다."

"뭐?"

반요의 표정이 굳어지며 매우 놀란 듯 동공이 커졌다.

"궁금했거든. 네가 왜 그런 짓을 했는지, 왜 아무런 말 없이 이곳으로 들어왔는지. 단서는 문자경이더군. 물론 칠 년 전에 안 일이지만."

"문자경이 죽었다고?"

"죽었어."

반요은 믿을 수 없다는 표정이고 심적으로 많이 흔들리는 것 같았다. 반요의 귀에 지본소의 목소리가 다시 들렸다.

"어차피 죽은 목숨인데 신선한 공기는 마셔보고 죽어야지? 이곳에서 썩은 고기처럼 죽어갈지, 아니면 밖에 나가서 죽을지 잘 생각해 봐. 며칠 뒤에 다시 오마."

지본소가 미소를 던지며 신형을 돌리자 반요가 급히 말했
다.

"문자경이 정말 죽었다고?"

"그래. 네가 나간다면 해야 할 일이 그 문자경을 죽인 자를
죽이는 일이다."

"젠장."

반요의 어깨가 살짝 떨렸다.

"갈 텐가?"

지본소가 다시 묻자 반요가 고개를 끄덕였다.

"그렇게 하지."

반요는 망설임 없이 대답했고, 지본소는 미소를 보이며 고
개를 끄덕였다.

"석방되려면 허가를 얻어야 하니 내일 다시 오마."

반요는 지본소의 말을 들으면서 벽에 등을 기대고 손을 저
었다. 지본소가 나가자 다시 짙은 어둠이 석실로 찾아왔다.

*　　　*　　　*

꽃과 나무들이 아기자기하게 가꿔진 작은 정원으로 십여
명의 아이들이 웃으며 뛰어가고 있었다. 그 뒤로 몇몇의 아낙

이 길을 걸으며 담소를 나누고 있었고, 그 모습을 바라보는 두 명의 중년인이 있었다.

정원 한쪽에 자리 잡은 정자에 마주 앉은 반백의 두 중년인은 남의와 청의를 입고 있었다.

남색 중년인은 조금 살이 있었으며 인상이 좋고 중후함이 묻어 있다. 맞은편 청의를 입고 있는 중년인은 체구가 좋았으며 사각의 얼굴에 강인한 눈매를 지니고 있다.

두 사람 사이로 술상이 있고, 인상 좋은 중년인이 술잔에 술을 따랐다. 정자 옆을 지나가는 아이들의 웃음소리가 커다랗게 울렸다.

"하하하!"

웃음소리와 함께 옆을 지나치는 아이들을 두 중년인은 흐뭇한 미소를 지으며 바라보았다. 그들에게 향해 오던 아낙 중 이십 대 중반의 빼어난 미모를 지닌 여인이 다가왔다. 그녀는 청의를 입은 중년인에게 허리를 숙였다.

"장로님을 뵙습니다."

"오랜만이구나."

중년인의 인사에 그녀는 곧 다시 종종걸음을 옮겼다. 그 모습을 바라보던 인상 좋은 중년인이 깊은 한숨을 내쉬었다.

"휴……."

"구양 형, 근심이 큰 모양이오?"

구양수는 술을 반쯤 마시며 고개를 끄덕였다.

"막내딸이 과부가 되었는데 근심이 없겠는가? 이가에서 홀로 독수공방하는 것을 일부러 데려왔다네."

구양수의 얼굴에 그늘이 드리워졌다. 그 모습을 바라보던 천문성의 장로, 청룡검객 윤청학은 담담한 표정으로 술을 마시다 생각난 듯 물었다.

"그러고 보니 검이가 안 보이는 것 같소?"

"검이는 무당에 갔다오."

다시 한 번 깊은 숨을 내쉬며 구양수가 답했고, 윤청학은 걱정스러운 표정을 보였다.

"아직 어리지 않소이까? 그런데 무당파에 보낸 것이오?"

"어미의 뜻이 그러하니 어쩌겠소이까? 말릴 수 없었다오."

좀 전에 인사하고 사라진 구양혜를 떠올리며 윤청학은 깊은 한숨을 내쉬었다.

"진가에게 지아비를 잃었으니 그 원한이 얼마나 크겠소? 마음 같아서는 몇 번이라도 진가를 찾아가 복수하고 싶었을 것이오. 하나 그자의 무공이 출중하여 복수할 엄두조차 낼 수 없으니 억울한 일이오. 내 심정도 그러한데 딸아이는 더할 것이오."

구양수의 말에 윤청학은 입을 열지 못했다. 구양수가 물었다.

"천문성에서는 언제 그자를 죽일 것이오?"

"모르겠소."

윤청학은 솔직하게 대답했고, 구양수는 연거푸 두 잔의 술잔을 비웠다. 그는 소매로 입술을 훔치며 답답한 듯 말했다.

"듣자 하니 진가에게 천문성의 기라성 같은 고수들도 죽어 나간다고 하오. 그런 자를 이대로 가만히 두는 천문성도 이해하기 어렵소이다. 당장에라도 그자의 목을 쳐야 하는 것이 아니오? 왜 천문성은 가만히 있는 것이오?"

구양수의 말에 윤청학은 깊은 숨을 내쉬며 자리에서 일어섰다.

"오랜만에 얼굴이나 보고 술이나 한잔하려 했더니 오늘은 날이 아닌 것 같소. 다음에 다시 오리다."

"미안하오. 내 원통해서 한 말이오. 그만할 테니 이리 와서 앉으시오."

구양수가 손을 저으며 자리에서 일어섰고, 윤청학은 미소를 보였다.

"아니오. 생각해 보니 내 구양 형과도 인연이 깊은데 너무 가만히 앉아만 있었던 것 같소. 그 진가를 한번 만나보겠소이다."

"정말이오? 정말 그렇게 해주실 것이오?"

구양수가 고마운 듯 윤청학의 손을 잡았다. 윤청학은 그의 손을 다독이며 고개를 끄덕였다.

"그냥 한번 만나는 것이니 너무 기대하지 마시오."

"고맙소이다."

윤청학은 몇 번이고 구양수를 다독이다 곧 밖으로 나갔다. 그가 나가고 얼마 지나지 않아 구양혜가 모습을 보였다.

"아버님, 청룡검객이 진가를 만난다고 하던가요?"

"그래주겠다고 한다."

"죽을지도 몰라요."

"진가가 죽을 것이다."

"아니에요. 진가 놈을 죽이려면 적어도 천하에서 십대고수의 반열에 오른 무인이 아니라면 힘들어요."

구양혜의 말에 구양수가 손을 저었다.

"너무 걱정하지 말거라. 내 사위를 죽인 놈을 내가 그냥 둘 것 같으냐?"

구양혜가 그 말에 조금은 편안해진 표정을 보였다.

"이가는 어떻게 한다고 하던가요?"

"조만간 움직일 것이다. 아들이 죽었으니 가만있지 않겠지."

구양수는 수염을 쓰다듬으며 구양혜의 어깨를 다독였다.

*   *   *

아침 이슬이 창문을 통해 안으로 들어올 때 진파랑은 눈을 떴다. 창을 통해 보이는 하늘은 아직 어스름한 푸른빛이고 해가 뜨려면 꽤 시간이 남은 듯 보였다.

이른 아침 이렇게 눈을 뜬 이유는 오늘 천문성으로 가기 위함이었다.

백옥도를 들고 밖으로 나온 진파랑은 우물에서 물을 길어 숫돌에 도를 갈았다.

슥! 슥!

돌에 갈리는 쇳소리가 투명하게 새벽 공기를 어지럽혔다. 차가운 공기만큼이나 백옥도의 도날이 더욱 반짝이는 것 같았다.

숫돌에 도를 갈던 진파랑은 도면에 비치는 자신의 얼굴을 찬찬히 살피다 입을 열었다.

"이제 그만들 나오시지."

스륵! 슥!

진파랑의 말을 들은 것일까? 아무도 없을 것 같은 수풀 속에서 이십여 명의 사내가 모습을 보였다. 그들은 하나같이 강한 살기를 흘리며 존재감을 과시했다. 모두 검은 야행의를 입고 있었으며 얼굴도 두건으로 가린 상태로 눈만 반짝이고 있었다.

진파랑은 그들의 얼굴을 둘러보며 자리에서 일어나 백옥도를 가슴 앞에 들어 수건으로 물기를 닦았다.

"내게 무슨 볼일이라도 있나?"

진파랑의 물음에 그들은 아무런 말 없이 검을 뽑아 들었다.

스릉! 스르릉!

검집에서 검이 빠져나오는 날카로운 마찰음이 낮게 퍼졌고, 복면을 뚫고 입김이 올라오고 있다. 그것은 그만큼 긴장하고 있다는 반증이다.

"후욱! 후욱!"

깊은 호흡 소리가 이어졌고, 그것은 곧 공격을 하겠다는 신호와도 같았다. 그 호흡이 멈췄을 때 가장 앞에 있던 세 명의 복면인이 삼면에서 진파랑을 향해 뛰어들었다.

쉬아아악!

땅을 차고 신검합일의 모습으로 검을 앞으로 뻗은 채 다가오는 그들의 행동은 번개와도 같았고, 찰나의 순간처럼 짧게 느껴졌다.

진파랑은 인상을 찌푸렸고, 그들이 앞으로 나서는 순간 그의 눈썹이 살짝 꿈틀거리는 것 같았다. 순간 강한 광풍이 불며 달려들던 세 사람의 신형이 마치 정지한 것처럼 멈춰 섰다.

취아악!

세 사람의 등에서 강한 피 보라가 마치 파도처럼 사방으로 퍼져 나갔고, 뒤에서 멀뚱히 눈을 뜨고 있던 남은 복면인의 주변으로 마치 바위에 파도가 부서지는 것처럼 피가 튀었다.

털썩!

세 사람의 신형이 동시에 바닥에 쓰러졌고, 그들의 주변으로 진한 혈풍((血香)이 진동했다. 그제야 정신을 차린 복면인들의 동공에 공포가 스며들었다.

"혈(血)… 풍(風)……."

누군가의 입에서 튀어나온 말이다. 그것은 두려움이었다. 좀 전에 있던 일이 생생하게 그들의 머릿속에 각인되었다.

진파랑은 미동조차 없었으며 그의 움직임은 살아 있는 자들도 볼 수가 없었다.

"꿀꺽."

마른침이 넘어가는 소리가 울렸고, 진파랑은 인상을 찌푸리며 저 멀리 십 장 정도의 거리에 늘어선 백여 명의 무사들을 바라보았다. 그들은 천문성의 무사들로 금방이라도 달려들 듯 다가오고 있었다.

진파랑은 좀 전에 자신이 펼친 혈소풍을 떠올리며 달라진 것을 느꼈다. 전에는 뭔가 갈라지는 느낌이었다면 지금은 부드러운 훈풍이 일어나는 기분이 들었다.

과거의 혈소풍은 마치 이빨이 나간 도를 휘두르는 기분이었다면 지금의 혈소풍은 날이 선 칼이 두부를 자르는 느낌과 비슷했다. 뭔가 달라진 기분이고 초식이 더욱 정교해진 것을 알았다.

음영대의 뒤에 나타난 천문성의 무사들은 좀 전에 진파랑이 펼친 초식을 볼 수가 없었다. 보았다면 저렇게 다가오지 못했을 것이다.

스륵!

음영대의 대원 중 한 명이 소리 없이 사라지자 남은 사람들도 마른침을 삼키며 물러서다 소리 없이 사라졌다. 그들이 사라진 자리로 천문성의 무사들이 달려들기 시작했다.

"진파랑이 확실하다! 죽여라!"

멀리서 큰 목소리가 들렸고, 가장 앞에 선 십여 명의 무사들이 진파랑을 향해 도를 든 채 접근했다. 그리고 그들이 진파랑의 일 장 앞까지 접근했을 때 강한 바람이 휘몰아쳤다.

쉬아아악!

강한 바람과 함께 피 보라가 오 장여까지 마치 파도가 몰아치는 것처럼 퍼져 나갔다.

"헉!"

달려들던 사람들의 발이 마치 약속이라도 한 것처럼 한순간에 멈췄고, 도를 들고 진파랑을 향해 달려들던 십여 명의 사내는 일순간 시간이 멈춘 것처럼 정지했다.

털썩! 털썩!

십여 명의 무사가 비명조차 지르지 못한 채 바닥에 쓰러지자 사람들은 지금 일어난 일에 대해 믿을 수 없다는 듯 눈만 깜빡거렸다.

그들의 머릿속에 방금 전에 일어난 피 보라의 모습이 환영처럼 스쳤고, 앞에 나선 자들은 얼굴에 묻은 피를 닦으며 짙은 혈향에 정신을 차렸다.

"미, 미쳤어."

"마, 마공이다. 이건 마공(魔功)이야."

주변에 늘어선 무사들이 공포에 젖은 눈빛으로 중얼거렸다.

"물, 물러서라! 물러서라! 후퇴한다!"

가장 후미에서 처음에 소리쳤던 무사가 미친 듯이 외치며 물러섰고, 그 말을 들은 남은 무사들도 겁먹은 얼굴로 몸을 떨며 물러나기 시작했다. 그들의 전신에는 솜털이 모두 곤두서 있었으며 식은땀이 몸을 적시고 있었다. 이 자리에서 조금이라도 빨리 벗어나고 싶던 무사들은 어느 순간 신형을 돌리더니 도망치기 시작했다.

진파랑은 처음 그 모습 그대로 서 있었으며 살짝 미간을 찌푸린 채 죽은 시신들을 둘러보았다.

시신들은 피에 젖어 뜨거운 기운을 내뿜고 있었다. 진파랑은 평소처럼 혈소풍을 펼쳤을 뿐인데 죽은 시신들은 잘린 흔적이 없었다. 본래라면 수십 조각으로 몸이 잘려 나갔을 것이다.

진파랑은 가장 앞에 있는 시신에게 다가가 몸을 뒤집었다. 그러자 수많은 점이 구멍처럼 온몸에 찍혀 있는 게 보였다. 얼굴에만 백여 개가 넘는 점이 있고 전신을 다 합치면 셀 수가 없을 정도였다. 그 사이로 피가 스멀스멀 기어 나오고 있었다.

"잔인하군."

본인에게 한 말이다. 진파랑은 혈소풍의 위력에 다시 한 번 놀라는 중이었다. 사람의 온몸을 뚫어버리는 바람이었다. 그건 마치 검기가 사람의 몸을 관통하는 것과 같았다.

진파랑은 시신들을 모두 집에서 멀리 떨어진 곳에 묻어두고 집으로 돌아와 아침을 준비했다. 천문성으로 간다 하더라도 밥은 먹어야 했기 때문이다.

허겁지겁 수하들과 함께 도망치던 고현 분타의 분타주는 정신을 차릴 수가 없었다. 금방이라도 진파랑이 쫓아올 것만 같았고, 고개를 돌리면 그가 바로 뒤에 있을 것 같았기 때문이다.

그건 분타주인 장도형뿐만 아니라 다른 사람들도 같은 마음이었다. 한참을 달린 뒤 원강의 다리를 건너자 장도형은 숨을 고를 겸 해서 멈췄다. 그의 뒤로 수하들이 숨을 몰아쉬며 몰려들었다.

"휴……"

장도형은 땀에 젖은 얼굴을 소매로 훔치며 꽤 멀리까지 왔다는 것에 안도의 한숨을 내쉬었다. 하지만 아직 안심하기에는 일렀다.

"분타까지 간다."

장도형은 말과 함께 먼저 움직였고, 제대로 쉬지도 못한 수하들이 그 뒤를 따라 이동했다.

길을 따라 이동하는 장도형은 며칠 전의 일이 떠올랐다.

"진파랑이란 자가 무공산에 있다고 하는데 우리가 나서서 공을 세우는 것은 어떻겠나?"

집무실에 앉아 보고서를 보던 장도형은 진파랑의 소식이 적힌 문서를 보고 앞에 앉은 부관에게 말했다.

부관 조충은 장도형의 말에 깜짝 놀라면서 양손을 저었다.

"그자는 본 성의 장로도 죽인 자입니다. 거기다 백천당까지 나섰는데 죽이지 못한 자가 아닙니까? 그리고 천외성에서 팔왕의 한 자리를 차지할 정도로 막강한 고수인데 저희가 나서다니요? 저희 분타가 총력을 기울여도 이기지 못할뿐더러 전멸할지도 모릅니다."

"그게 소문이란 게 말이야, 모두 다 과장되게 마련이잖아? 진파랑도 물론 뛰어난 고수가 분명하겠지. 하지만 혼자 아니냐? 혼자서 어디까지 하겠느냐? 거기다 우리도 대 운중세가와의 싸움에서 공을 올린 분타가 아니던가? 우리 분타의 힘을 다 합친다면 그자를 충분히 잡을 수 있을 것이다."

진파랑을 잡으면 공이 높다는 것을 인지한 장도형의 말에 부관인 조충이 목소리를 높였다.

"아니, 이건 그러니까… 그런 운중세가나 이런 문제가 아니라니까요. 운중세가의 일반 무사들을 상대하는 게 아니라 하늘을 날고 강을 건너고 산을 무너뜨리는 그런, 진짜 무림인을 상대하는 일입니다. 저희 같은 사람들은 그냥 일반 무사입니다. 무사! 진파랑은 진짜 하늘을 날아가는 그런 무림인입니다. 신선이라구요! 절대 안 됩니다. 이 일은 그냥 알고 있으라는 것이지 공격해서 공을 올리라는 보고서가 아닙니다. 거기에 있으니 조심하라는 뜻입니다."

침까지 튀겨가며 열변을 토하는 조충의 모습에 장도형은 슬쩍 인상을 찌푸렸다.

"진파랑도 우리처럼 천문성의 무사였다고 한다. 그런 자가 강해져서 저렇게 설치는데 우리가 못 잡을 것 같으냐? 우리 분타의 힘을 너무 낮게 보지 마라."

조충은 깊은 숨을 내쉬며 다시 말했다.

"우린 그냥 무사들입니다. 흔히 사람들이 말하는 무림인은 저희들이 아니라 절대고수들입니다. 타주님은 절대고수들의 싸움을 보셨습니까? 그들의 싸움은 저희들이 상상하는 것보다 훨씬 더 두렵고 무섭습니다. 그러니 그런 생각은 마시고 그자의 동태만 파악하는 것으로 해야 합니다."

"시끄러워. 겁이 나면 자네는 빠지게."

장도형의 말에 조충은 고개를 저으며 물러섰다. 그 이후 장도형은 분타의 무사들을 데리고 나타나 진파랑의 무공을 견식한 것이다.

진파랑이 어떻게 움직였는지 그의 눈에 보이는 것은 없었다. 그는 부동자세였고, 분명히 수하들이 달려들었다. 보통이라면 병장기 소리가 난무하고 검기라도 보였을 것이다. 그런데 아무것도 보이지 않았는데도 강한 바람과 함께 피 보라가 몰아쳐 왔다. 그게 전부였다. 그것은 충격이었다.

"조충의 말을 들었어야 하는데……."

장도형은 깊은 후회의 한숨을 내쉬며 어떻게 보고서를 써서 상부에 올려야 할지 고민에 빠졌다. 수하들의 죽음은 쉽게 넘어갈 일이 아니기 때문이다.

분타에 들어선 장도형은 지친 표정이었는데 쉬고 싶은 마음뿐이었다. 하지만 보고서를 올려야 했기에 집무실로 향했고, 급히 달려오는 조충을 만날 수 있었다.

"손님이 오셨습니다."

"손님?"

"윤 장로님이 오셨습니다."

윤 장로라는 말에 놀란 장도형은 허겁지겁 달려갔다.

'벌써 내 실수가 상부에 보고된 건가? 조충 저놈이 내 자리를 탐내고?'

장도형은 여러 가지 복잡한 생각으로 내당으로 들어섰고, 그곳에 앉아 있는 윤청학을 볼 수 있었다.

"어서 오십시오."

장도형의 인사에 윤청학은 고개만 끄덕였다.

"어딜 다녀오는 모양이네?"

"그게……."

장도형은 진파랑을 잡으러 갔다가 수하들만 잃고 돌아왔다는 말이 차마 목구멍에서 나오지 않았다. 불호령이 떨어질 것 같았기 때문이다. 윤청학이 입을 열었다.

"무공산에 진파랑이 있다고 하는데 어디에 있는지 정확히 알고 있는가?"

장도형은 얼른 고개를 들며 대답했다.

"물론입니다."

"지금 가지. 안내하게."

"예!"

장도형은 큰 목소리로 대답하며 오늘의 실수를 잘하면 만회할 수 있겠다고 생각했다.

第三章
길을 걷는 나비

진가도

강바람이 휘날리는 뱃머리 위에 서 있던 연홍은 흘러가는
강물을 바라보며 깊은 상념에 잠겼다.

"나를 이긴다면 네가 원하는 대로 하지. 하지만 내가 이긴다면
아미산으로 돌아가."

"그 말은 아미산으로 돌아가라는 말처럼 들리는군요. 제가 어
떻게 당신을 이기겠어요."

장천사는 바닥에 작은 원을 그리고 그 안으로 들어갔다. 그리고
한 발을 들더니 미소를 던졌다.

"내가 이 원에서 나가거나 이 발이 땅에 닿으면 진 것으로 하지."

장천사의 말은 연홍의 자존심을 자극했고, 자신을 무시하는 것처럼 보였다. 아무리 장천사가 천하에 둘도 없는 고수이자 천재라고는 하지만 연홍 역시 심혜의 수제자였으며 천재라고 불린 고수였다.

"저를 너무 우습게 보는군요."

"그랬나? 그렇다면 발은 내려놓고 내가 원 밖으로 나가면 지는 것으로 해."

"아니, 발도 드세요."

연홍은 확실한 승리를 위해 자존심을 살짝 접기로 했다. 그녀의 말에 장천사는 자신이 한 말이지만 부담이 된다는 표정을 보였다.

스릉!

연홍이 검을 뽑아 들었다.

"제가 이기면 그 여자와 헤어지세요."

장천사의 표정이 굳어졌고, 연홍이 다시 말했다.

"내가 가질 수 없는 사랑이라면 다른 여자가 가져서도 안 돼요. 당신은 영원히… 아무도 사랑할 수 없어요."

장천사의 표정이 굳어지며 고민스러운 눈빛을 던졌다. 그 모습에 연홍은 아미를 찌푸렸다. 그가 이렇게 대답을 망설이는 이유가 그 여자 때문이란 것을 잘 알기 때문이다. 그녀는 기분이 나

빠졌다.

"제가 이긴다면 당신은 평생 혼자 살아야 해요."

"약속하지."

"약속으로는 부족해요."

연홍은 고개를 저었고, 장천사는 알겠다는 표정으로 다시 말했다.

"천지신명께 맹세하노니 나 장천사는 약속을 지킬 것이며 이를 어길 시 영원히 검을 들지 않을 것입니다."

"하늘과 땅이 보고 있어요."

"남아일언 중천금."

장천사가 고개를 끄덕였고, 연홍은 입술을 깨물며 처음부터 전력을 다하려는 듯 내력을 크게 일으켰다.

"휴……."

연홍은 난가에 기대어 깊은 한숨을 내쉬었다. 그때 왜 자신이 그러한 약속을 했는지 모르겠다고 생각했다. 그때는 지금에 비해 너무 어렸다는 생각도 들었다. 몇 번을 다시 생각해도 후회되고 지워 버리고 싶은 과거였다.

흘러가는 강물을 바라보며 지난 추억을 떠올리던 연홍의 옆으로 연심이 다가왔다. 연홍은 그녀의 인기척을 느꼈지만 굳이 고개를 돌리지 않았다.

연심은 흘러가는 장강의 물줄기를 바라보자 불현듯 진파랑과 함께 수왕과 싸우던 기억이 떠올랐다. 엊그제의 일처럼 생생하게 떠오르는 기억이지만 꽤 긴 시간이 흐른 것도 알고 있다.

이제는 추억이 될 기억인 걸까? 흘러가는 강물은 변함이 없었지만 시간이 흘러간다는 것을 느꼈다. 시간은 멈추지 않는 법이다.

"강호의 강바람은 여전히 차갑구나."

연홍의 목소리에 연심은 바람에 휘날리는 머리카락을 쓸어 넘겼다. 연홍의 말처럼 강바람은 차가웠고, 칼날이라도 숨겨놓은 것처럼 날카로운 것 같았다.

"네, 맞아요."

연심의 대답은 단순했다. 둘은 말수가 많은 편이 아니었기에 이렇다 할 대화가 오가지는 않았다.

"너는 내가 기억나느냐?"

"네."

연심의 대답에 연홍은 희미한 미소를 보였다. 하지만 그것은 찰나였다. 연심은 어릴 때 한 번 그녀를 본 기억을 떠올렸다. 복호사의 문을 넘어갔을 때 강호로 나가는 그녀를 보았다. 그 당시 연홍은 연심에게 눈길만 한번 주었을 뿐 대화를 나누지는 않았다.

후에 강호에서 돌아온 연홍이 은거하듯이 암자에 들어갔다는 소식을 들었다.

"본 파에서 장문인만 익힐 수 있는 검공은 단 하나, 대청검법(大淸劍法)이지."

연심은 당연히 알고 있는 사실에 대해 입을 여는 연홍을 쳐다보았다. 갑자기 그 말을 하는 이유가 궁금했기 때문이다.

연홍이 다시 말했다.

"장문인만이 아는 유일한 검법이고 본 파의 비전절기인 그 검법은 나도 모르고 오직 장문인만 알고 있다. 하나 강호에서 대청검법을 아는 사람이 또 한 명 존재하지."

연심은 깜짝 놀란 표정을 지었다. 그녀가 이렇게 놀라는 표정을 보이는 것도 극히 드문 일이다. 그만큼 연홍의 말은 쉽게 넘길 일이 아니었다.

"그 사람이 누구인가요?"

"장천사."

연홍은 짧게 이름을 말했고, 연심은 아미를 찌푸렸다.

"그자가 어떻게……."

"스승님의 대청검법을 한 번 본 이후 그걸 모두 외운 것이지. 그자는 한 번 본 초식은 모두 외우는 인물이지."

연심의 눈동자가 맑게 반짝이기 시작했다. 세상에 그런 사람이 존재한다는 것 자체가 대단히 놀라운 일로 호기심을 자극했다.

"하지만 대청검법은 아무리 뛰어난 오성(悟性)을 지닌 사람이라 하더라도 쉽게 외울 수 있는 검법이 아니에요. 믿기 힘들어요."

"그는 그런 사람이야. 믿기 힘든… 괴물 같은 사람이지."

연홍은 인상을 굳히며 중얼거렸다. 그녀가 다시 말했다.

"대청검법의 초식을 모두 외운다고 해서 대청검법을 안다고는 할 수 없다. 대청검법의 구결과 진결을 비롯한 보법까지도 모두 익혀야 하니 말이다. 하나 장천사는 초식을 외우면 자신의 것으로 만들 수 있는 고수이다. 그에게 대청검법의 구결은 필요가 없으니 말이다."

"그의 경지는 화경에 든 것이로군요."

연심의 말에 연홍은 대답하지 않았다. 무언이 곧 긍정이었다. 이에 연심의 마음속에 알 수 없는 투기가 피어나기 시작했다.

"나는 본 파를 우롱한 장천사에게 복수하고 싶었다."

연홍은 미소를 던졌고, 연심은 다음 말을 기다렸다. 연홍의 목소리가 다시 들렸다.

"그런데 그가 좋더구나."

연홍은 호방하게 웃으며 술을 마시던 그의 모습을 떠올렸다. 무심한 연홍의 얼굴에 슬쩍 미소가 보였다. 그녀는 추억에 잠긴 듯했다. 연심은 입을 열지 않고 강바람을 맞으며 앞을 쳐다보았다. 추억에 잠겨 있는 연홍을 방해하고 싶지 않았다.

연홍의 목소리가 다시 들렸다.

"우리의 강호는 이미 강물처럼 흘러 바닷속에 사라졌으니… 이제 파도치는 바다에서 추억만을 그리는구나."

그녀의 목소리가 조용히 강과 함께 흘러가고 있다.

＊　　＊　　＊

"우리의 강호는 이미 강물처럼 흘러 바닷속에 사라졌으니… 이제 파도치는 바다에서 추억만을 그리는구나."

이름 모를 강물을 쳐다보며 걸어가는 청풍 도장의 입에는 강아지풀이 물려 있었다. 그는 흥얼거리듯 중얼거리며 길을 걷고 있었고, 커다란 대로로 가끔 상인과 행인들의 마차나 수레가 지나가고 있었다.

커다란 성이 곧 나타날 징조가 분명했다.

"청풍 형, 사숙에게 이게 무슨 짓이오?"

"장 형이 어째 내 사숙이 된단 말이오? 무당에서 나갔으니 무당과의 연은 거론하지 마시고 내 검을 받으시오!"

슈악!

갈대 잎을 밟으며 달리던 청풍의 손이 앞으로 뻗었고, 십여 개
의 검기가 마치 화살처럼 십 장의 거리에 있는 장천사의 등을 향
했다. 슬쩍 고개를 돌린 장천사가 갈대의 끝을 차고 허공으로 뛰
어올라 검기를 피했고, 곧 더욱 빠른 속도로 멀어졌다.

"다음에 봅시다!"

"천문성에 먼저 가서 기다리겠소!"

청풍의 목소리가 메아리처럼 길게 퍼졌다.

"도망치겠다고 마음먹으면 절대 잡을 수 없으니, 휴……."

청풍은 사람들이 많은 저잣거리를 지나가며 입에 물고 있
던 강아지풀을 뱉었다. 그는 가까운 주점에 들어가 빈자리에
앉아 식사를 시켰다. 북적거리는 주점 안에는 많은 사람들이
있었으며 모두들 바쁘게 손과 입을 움직여 식사에 열중하고
있다.

"천문성에서 사세가 모인다는데 가봐야 하는 거 아닐까?"

"가야지! 이런 기회가 또 언제 있겠나?"

대다수의 사람들은 사세에 대해 떠들었고, 그건 어디를 가
더라도 마찬가지였다. 청풍도 이미 잘 알고 있는 이야기였기
에 크게 관심이 없었다.

"자리도 넓은데 합석이나 합시다."

척!

청풍의 앞에 남색 무복을 걸친 장년인이 검을 탁자 위에 올려놓으며 앉았다. 그는 짧은 수염을 쓰다듬으며 미소를 입가에 걸고 있었다. 청풍은 익히 아는 그 얼굴을 확인하고 미간을 찌푸렸다.

"정심(正心)이로군."

"오랜만입니다."

정심의 말에 청풍은 고개를 끄덕이며 물었다.

"화산의 공기는 어떤가?"

"무당만큼 좋지요. 여기 소면 하나!"

정심은 대답 후 점소이를 향해 크게 말했다. 청풍이 다시 말했다.

"네가 이렇게 강호에 나올 줄은 몰랐다."

"저는 형님이 무당에서 내려올 거라 예상했습니다."

정심의 말에 청풍은 묵묵히 고개를 끄덕였다. 둘은 잠시 입을 닫았고, 곧 소면과 포자가 놓이자 젓가락을 움직였다.

"후루룹!"

"후릅!"

둘의 입이 소면의 면을 한꺼번에 빨아들였다. 젓가락 한 번에 그릇에 담긴 모든 면을 입안에 넣고 삽시간에 삼킨 그들은 포자를 하나씩 집어 들어 입에 구겨 넣었다.

개구리의 볼처럼 커진 입을 우물거리던 그들은 한 번에 삼
킨 뒤 차를 한 잔 벌컥 마시더니 동시에 잔을 내려놓았다.

"그래서 어떻게 할 생각이지?"

"죽일 생각입니다."

정심의 눈빛에 살기가 맴돌다 사라졌다. 청풍은 그럴 줄 알
았다는 듯 짧은 숨을 내쉬었고, 정심은 다시 포자를 하나 집
어 단숨에 입안으로 구겨 넣었다.

"쉽지 않을 거다. 여전히 그와 우리는 거리가 멀어."

청풍의 말에 정심은 자신도 인정한다는 듯 고개를 끄덕이
며 포자를 삼킨 뒤 차를 한 잔 따라 벌컥 마셨다.

"푸하! 알고 있습니다. 하나 포기할 수는 없지요."

"진전은 있었나?"

정심은 대답 없이 고개를 끄덕였다. 그때 두 사람의 시선이
동시에 문 쪽으로 향했고, 도를 들고 들어오는 청년을 발견했
다.

그는 구석에 비어 있는 자리에 앉았고, 점소이에게 소면을
시키다 청풍과 정심의 얼굴을 쳐다보았다. 그들 두 사람의 시
선이 자신을 바라보고 있다는 것에 부담을 느낀 청년은 다시
고개를 돌리고 말없이 차를 따라 마셨다. 자신을 쳐다보는 두
장년인 중 한 명은 한번 본 얼굴이다. 그는 강한 인상을 남긴
상대였다. 물론 그의 무공도 견식한 바 있었다.

'고수…….'

그는 진파랑이었다.

얼마 뒤 점소이가 뜨거운 소면을 들고 나타나 진파랑이 앉은 식탁 위에 내려놓았다. 진파랑은 젓가락을 들다 주렴 소리와 함께 강한 기도가 썰물처럼 밀려오자 고개를 돌렸다. 그곳에 푸른 청의를 입고 있는 중년인이 서 있었다.

그는 진파랑을 발견하자 입가에 가느다란 미소를 보이더니 성큼성큼 그에게 다가가 맞은편에 앉았다.

점소이가 다가오자 중년인은 진파랑의 앞에 놓인 소면을 보더니 입을 열었다.

"소면 하나 추가."

"예."

중년인의 말에 점소이는 힘이 빠진 표정으로 뒤돌아섰다. 보기에도 비싸 보이는 비단옷을 입고 있었기에 값이 나가는 음식을 시킬 거라 예상했기 때문이다.

진파랑은 자신의 앞에 앉아 있는 중년인을 잘 알고 있다는 듯 입을 열었다.

"윤청학."

진파랑의 맞은편에 앉아 있던 윤청학은 자신의 이름을 말하는 진파랑을 향해 고개를 끄덕였다.

"나를 아는 모양이군."

"어릴 때 천문성에서 지나가는 것을 보았소."

"그랬군. 그러고 보니 자네는 본 성에서 자랐지."

윤청학의 말에 진파랑은 부정하지 않았다.

"반갑네."

윤청학의 앞에 소면 그릇이 놓였다.

*   *   *

넓디넓은 천문성의 대연무장에 도열한 수많은 흑룡당의 인원들 사이로 젊은 진파랑의 모습이 있었다. 그들은 모두 광동성에 위치한 루애산으로 출발하기 위해 모여 있었다.

천문성은 독선문과 해남파를 상대로 광동성의 이권을 차지하기 위해 싸우는 중이었고, 그러던 중 몇 개의 분타가 괴멸되는 일이 발생하였다. 그 일로 인해 흑룡당이 나서게 된 것이다.

검은 무복에 흰색의 용이 꿈틀거리는 문양이 들어간 피풍의를 입고 있는 흑룡당의 무사들은 모두 제각각의 표정으로 대전의 계단을 내려오는 다섯 명의 사람을 쳐다보았다. 그중 한 명은 흑룡당주였고 또 한 명은 총군 문대영이었다. 그의 옆으로 문자경이 보였고, 장로인 윤청학이 있었다.

마지막 한 명은 자색의 궁장의를 입고 있는 신주주였다. 문대영을 비롯한 남은 사람들이 연설을 하였고, 그중 가장 짧게 말한 사람은 윤청학이었다. 그는 단상 위에 올라서서 잠시 흑룡당의 당원들을 둘러보다 한마디 툭 던졌다.

"살아 돌아오길 바란다."

그 말을 끝으로 그는 내려왔고, 곧 흑룡당의 출발을 알렸다.

가장 앞선 흑룡당주 원당혁이 통통한 살들을 실룩거리며 말 위에 올라탄 채 가고 있다. 그 옆으로 부당주인 묵청이 말머리를 함께하고 있었다. 그 뒤로는 이십여 명의 무사가 말 위에 올라탄 채 천문성을 빠져나갔으며, 수많은 수레와 짐이 실린 마차가 빠져나가고 있었다. 그 뒤로 흑룡당의 무사들이 길게 열을 지어 빠져나가는데 그 인원은 족히 천 명이 넘어 보였다.

자신의 말에 올라탄 진파랑의 눈에 대전의 입구에 서 있는 문신 각주 종영영의 얼굴이 보였다. 그녀는 멀리서 진파랑을 쳐다보고 있었으며 진파랑은 잠시 그녀의 얼굴을 바라보다 고개를 숙였다. 고개를 들자 종영영의 모습은 사라지고 어디에도 없었다.

"가자."

진파랑의 말과 함께 흑룡당 제삼단이 그의 뒤를 따라 움직이기 시작했다.

소면을 먹던 진파랑은 잠시 젓가락을 내려놓았다. 앞에 앉은 윤청학은 몇 번 젓가락을 움직이다 입맛이 없는지 먹는 것을 그만두고 차를 따라 마셨다. 그에게서 느껴지는 것은 살기가 아닌 호의였다.

윤청학은 살기가 없었으며 진파랑을 죽이기 위해 나타난 사람으로 보이지도 않았다. 그게 아니면 그러한 기도가 윤청학의 특징인 것일까? 그의 기도는 따뜻한 편이었다. 하지만 진파랑은 그가 좋은 의도로 자신에게 나타났다고 여기지는 않았다.

"자네의 소문은 많이 들었네. 자연스럽게 자네에 대해 많이 알게 되더군."

진파랑은 대답하지 않았다. 굳이 자신이 대답할 이유가 없었기 때문이다. 윤청학 역시 진파랑의 대답을 기대하는 눈치는 아니었다.

윤청학은 먼저 자리에서 일어섰다.

"여긴 듣는 귀가 많으니 자리를 옮기는 것이 어떻겠나?"

자신에게 할 말이 있다는 윤청학의 뜻이고, 진파랑은 거절하지 않았다.

"알겠소."

진파랑의 대답에 윤청학은 먼저 주점을 나갔고, 그 뒤로 진파랑이 따라나섰다.

사방이 탁 트인 넓은 공터로 들어선 윤청학은 장소가 마음에 드는 듯 고개를 끄덕였다. 낮게 자란 풀이 족히 백 장은 넘게 넓게 퍼져 있었으며 백 장 너머에는 이름 모를 나무들이 빽빽하게 들어차 있었다.

조용했고 이곳을 찾아오는 손님이라곤 가끔 불어오는 바람과 하늘 위를 떠다니는 구름뿐이었다.

윤청학의 뒤로 허공을 뛰어 넘어오는 진파랑이 있다. 그는 윤청학의 뒤에 오 장 정도의 거리를 두고 멈춰 섰으며, 주변을 둘러본 뒤 적당히 좋은 장소라는 생각이 들었다.

"조용해서 좋은 것 같소."

"가끔 산책하러 나오는 곳이긴 하지. 자네는 모르겠지만 여기는 천문성의 땅이라네."

천문성의 땅이란 사실에 진파랑은 이곳에서 꽤 많은 무사가 야영(野營)을 했을 거라 생각했다.

윤청학이 곧 궁금한 표정으로 물었다.

"천문성에 가는 것인가?"

"그렇소."

"왜 가는 것인가?"

천문성으로 가는 진파랑의 의중을 묻는 윤청학이다. 그는 이해하기 어렵다는 표정이다. 굳이 스스로 사지를 향해 걸어갈 필요는 없기 때문이다.

"천문성이 나를 그냥 두지 않기 때문이오."

"그럼 자네는 천문성이 놔준다면 더 이상 대립하지 않겠다는 뜻인가?"

"천문성이 나를 놔주겠소?"

진파랑은 말도 안 된다는 표정으로 대답했다.

"하긴… 문자경을 죽였으니 그냥 두는 것도 힘든 일이겠지."

윤청학은 문자경의 죽음도 잘 아는 듯 말했다. 그는 곧 짧은 숨을 내쉬며 다시 말했다.

"자네의 본래 이름은 진일이었지. 흑룡당 삼단 단주였고 우림각에서 자란 것으로 알고 있네."

"그렇소."

진파랑의 대답에 윤청학은 수염을 쓰다듬으며 지난 기억을 끄집어내고 있었다. 진파랑이 물었다.

"나를 마치 잘 알고 있는 듯하오?"

"물론 알지. 죽은 영영이가 자네 이야기를 많이 했네."

진파랑은 굳은 표정으로 자신의 양어머니를 말하고 있는 윤청학을 쳐다보았다. 윤청학은 진파랑의 시선이 뜨겁다는 것을 느끼자 그가 여전히 종영영을 가슴에 두고 있다는 사실을 알았다.

"영영이가 자네를 양아들로 들인다고 했을 때 사실은 좀 말렸다네. 악운이 강한 자를 곁에 두면 좋은 일보다 나쁜 일이 많이 생기니 말일세. 나도 그렇고 문 형님도 그랬으니까."

윤청학은 스스로 악운이 강한 편이라고 말했다. 그리고 그가 형님이라 부르는 사람은 문홍립이 분명했다.

"어머님을 잘 아십니까?"

"잘 알지. 좋아하는 동생이었네."

진파랑은 그가 왜 자신에게 살기가 없었는지 이해했다.

"문 형님도 영영이를 매우 아꼈지. 아끼는 후배이자 동생이었는데 자네 손에 죽었다고 보고가 올라왔네. 문 형님은 그 보고를 믿지 않았어."

윤청학이 말하는 문 형님은 분명 천문성주인 문홍립일 것이다.

진파랑은 윤청학의 말에 그 당시의 일을 떠올렸다. 그리고 자신이 모르는 다른 일들이 일어났다고 생각했다. 그렇지 않았다면 윤청학이 저렇게 말할 이유가 없기 때문이다.

"형님께서는 조용히 따로 조사를 하였고, 자신의 손자가 영영이를 죽였다는 사실을 알게 되자 매우 침통해하셨네."

천문성주가 모든 사실을 알고 있다는 것에 진파랑은 조금 놀라고 있었다. 하지만 다시 생각해 보면 천문성에서 각주급이 죽었는데 그냥 문자경의 말 한마디로 넘어갈 리는 없다고 여겨졌다. 분명 세밀하게 조사했을 것이고, 거기에서 문자경의 실수도 발견되었을 것이다.

문자경의 입장에선 진파랑을 어떻게 해서라도 죽여야 했

다. 범인이 죽었다면 사건도 분명 조용히 넘어갔을 것이다.

"천문성에서 자네에 대해 미적지근하게 대응한 이유는 거기에 있지."

진파랑은 문득 천문성이 자신을 그냥 둔 것이란 생각도 들었다. 그들이 진정 분노했다면 총력을 다해도 될 일이었는데 그러지 않았기 때문이다. 오히려 문자경의 죽음을 빌미로 세력을 확장했고, 더욱 거대한 규모로 성장하였다.

"총군은 자신의 아들을 잃었으니 분노할 수밖에 없지만 성주인 형님은 영영이의 죽음도 생각해야 했네. 손자도 중요했지만 영영이도 중요했으니까."

"이제 와서 그런 말씀을 하시는 이유가 무엇입니까?"

진파랑의 물음에 윤청학은 씁쓸한 표정으로 고개를 저으며 짧은 숨을 내쉬었다.

"천문성에 가게 되면 무력으로 모든 것을 해결하려 하지 말고 영영이를 죽인 문자경에게 복수를 한 것이라 하게나."

"그들이 받아줄 것 같소이까? 내가 복수를 하기 위해 문자경을 죽였다고 해서 그들이 과연 용서하겠소? 그런 일은 없을 것 같소."

"그렇다고 그냥 죽을 건가?"

"죽을 생각 또한 없소이다."

진파랑의 담담한 말에 윤청학은 고개를 저었다.

"고지식한 젊은이로군. 그게 아니면 자신감인지 오만인지 모르겠어."

"과거에는 그러지 않았는데 요즘은 죽는 것이 두렵소이 다."

"누구나 그렇지. 실제 죽음이 두렵지 않다는 것은 다 거짓 말이네. 나 또한 죽음이 두렵네."

윤청학은 슬쩍 미소를 보였다. 그는 다시 말했다.

"죽음을 피할 수 있다면 피하는 게 좋지. 우린 영영이도 잃 었지만 그녀의 아들인 자네도 잃었네. 성주님의 입장에선 심 히 유감스러운 일이지. 안타까운 일이야."

스릉!

윤청학은 말을 하며 검을 빼 들었다. 그에게선 아무런 살기 가 없었지만 푸른 검날의 반짝임은 살기를 대변해 주는 것 같 았다. 그가 검을 빼 들자 진파랑도 도를 꺼내 들었다. 도집을 바닥에 내려놓은 진파랑의 전신에선 강한 기도가 흘러나왔 다.

도를 들었을 때의 진파랑과 도를 들지 않았을 때의 진파랑 은 전혀 다른 사람이 된 것처럼 보였다.

'짐승 같군.'

도를 들지 않았을 때는 강해 보이는 모습뿐이었으나 도를 들었을 때는 강해 보인다는 것이 아니라 사납다는 느낌이다.

그 차이는 명백했다. 그의 도법은 분명 패도적이고 사나울 것이다.

진파랑 역시 검을 든 윤청학의 모습이 한 마리 고고한 학과 같다는 생각을 했다.

"무슨 말이 하고 싶은 것이오?"

진파랑의 물음에 윤청학은 여유 있는 미소를 보이며 대답했다.

"내가 매우 아끼던 영영이의 아들에게 검을 들어야 한다는 것이 슬퍼서 그러네. 자네는 본 성의 많은 사람을 죽여 이대로 그냥 갈 수는 없으니 그 실력을 봐야지. 자네의 무공이 세상을 뒤엎을 정도라면 내가 검을 거두겠네."

"윤 선배의 눈에 차지 않는다면?"

"죽어야지."

윤청학의 눈에 순간적으로 강한 살기가 맴돌다 사라졌다. 아주 당연하다는 듯 말하는 그였다.

"슬프지만 영영이의 눈이 실수를 한 것이라 생각해야지. 영영이가 자네의 칭찬을 많이 하면서 한 말 중에 하나가 자네에게 제대로 된 상승무공과 시간이 주어진다면 분명 천문성에서 가장 뛰어난 고수가 될 거라는 것이었네."

진파랑은 고개를 들어 하늘을 쳐다보며 자신의 인생에 큰 영향을 준 종영영의 모습을 떠올렸다. 흙에서 진주를 발견하는 일은 하늘의 별을 따는 것보다 어려운 일이고, 종영영 역시 어린 진파랑의 잠재력을 발견하지 못한 것에 대해 후회했다.

하지만 진파랑은 아쉬워하지 않았다. 어릴 때의 일이고 늦게라도 자신의 가치를 인정해 주고 알아주었다는 것이 어디인가? 그것 하나만으로도 그녀에게 고마웠고 그녀가 자신을 위해 그토록 짧은 생을 마친 것이 슬프고 아쉬웠으며 후회되었다. 그건 분명 태어나서 처음으로 느껴본 감정들이었으며 어머니라는 존재의 무게였다.

무거웠고 슬펐으며 행복했다. 그녀는 그 많은 감정을 가르쳐 준 사람이었다.

진파랑은 곧 윤청학을 바라보며 도를 한번 횡으로 그었다. 가벼운 바람이 일어났다.

"시작합시다."

"오게."

"먼저 출수하겠소."

핏!

진파랑의 신형이 순간적으로 윤청학의 앞으로 나아갔다. 백색의 긴 섬광 하나가 윤청학의 허리 높이에서 피어났다. 윤청학은 자신의 허리를 향해 좌우로 날 일(日) 자의 형태로 긴 백색 섬광이 날아들자 검기를 일으켜 횡으로 끊어버릴 듯 내려쳤다.

검기와 검기가 마주치자 공기의 파열음이 들렸고 그 사이
로 다가선 진파랑의 신형이 수십 개로 보이더니 전후좌우 십
팔방(十八方)에서 수십 개의 호선이 날아들었다.

진파랑은 파랑육도를 하나로 합쳐 파랑풍(波狼風)이라 명
하며 천풍육도를 천풍칠도로 한 초식 더 늘렸다. 지금 펼친
것이 파랑풍으로 움직임이 많으면서도 공수 조화가 잘 이루
어진 초식이다. 또한 내력의 소모를 최소한으로 줄인 초식이
었기에 부담도 없었다.

*   *   *

윤청학은 생각 이상으로 진파랑의 움직임이 쾌속하고 정
확하다는 것에 놀라면서도 머리 위와 뒤에서 날아드는 진파
랑의 강한 검기에 호선을 그리며 반 장 우측으로 이동했다.

파파팟!

기이하게도 윤청학의 움직임을 피해 가는 진파랑의 검기
였다. 그만큼 윤청학의 움직임은 빨랐으며 검기의 빈틈을 파
고들었다. 그와 동시에 푸른빛의 검기 다발이 그의 검에서 피
어나더니 진파랑이 포위한 도기의 한쪽을 파괴하고 사방으로
비산했다.

푸른 검기 다발의 움직임은 매우 빨랐으며 공기를 찢어발기는 스산한 소리를 동반했다. 진파랑은 좌측으로 움직이며 윤청학의 검기를 피함과 동시에 어느새 그의 허리를 베고 있었다.

쉬악!

바람처럼 윤청학의 신형이 반회전하더니 진파랑의 도를 막아 쳐올렸다.

파파팟!

도와 검이 직접적으로 부딪쳤지만 금속음이 울리는 것이 아니라 서로 다른 기운이 부딪쳐 발생하는 공기의 파공성이 크게 일어났다.

"부족하네."

팟!

윤청학의 내력이 강하게 피어남과 동시에 강렬한 푸른 섬광이 일어났고, 진파랑의 전신을 집어삼킬 듯 밀려왔다. 반 장의 거리도 안 되는 공간에서 피어나는 윤청학의 검기였고, 진파랑을 밀어내면서 펼친 열화비상(烈花飛翔)이다.

검강처럼 보이는 푸른 기운이 전신을 감싸고 돌 듯 휘감아 오자 진파랑은 오히려 앞으로 반보 전진하며 열십자(十)의 십살풍을 펼쳤다.

휘아아악!

강렬한 바람과 함께 열화비상이 갈라지더니 강렬한 백색 도강이 반 장의 거리에 있는 윤청학을 덮쳤다. 윤청학의 몸이 열십자로 분리될 것 같은 상황이었지만 그는 오히려 푸른 검강과 함께 십살풍을 갈랐다. 그때 그의 검과 진파랑의 도가 부딪쳤다.

쾅!

강렬한 폭음과 함께 푸른빛과 백색 섬광이 사방으로 교차하듯 빛 무리를 남기며 교차했고, 반탄강기에 튕겨 나간 윤청학의 신형이 십여 장이나 뒤로 날려가 바닥에 내려섰다. 진파랑의 신형 역시 바닥에 두 줄기 선을 그리며 삼 장이나 밀려나가 있었다.

윤청학은 어금니를 깨물었고, 호승심과 투지가 저절로 피어나 전신을 감싸고 돌았다. 그의 강렬한 기도가 공기를 진동했다.

"대단하군."

윤청학은 자세를 낮추고 검을 앞으로 뻗었다. 그 순간 '쩡!' 하는 소리와 함께 그의 검이 갈라지자 윤청학의 눈이 부릅떠졌다.

자신의 검이 이렇게 갈라진 것을 본 것은 처음이기 때문이다. 윤청학은 저도 모르게 놀라 자세를 바로잡고 검을 들어보았다. 진파랑의 도와 부딪친 부분에 균열이 있는 게 보였다. 이 상태로 계속 사용하면 부러질 게 분명했다.

"놀랍구나, 놀라워."

윤청학은 자신과 반평생을 함께 보낸 청룡검이 금 간 사실에 대해 믿을 수 없다는 듯 중얼거렸다. 그 정도로 진파랑의 도강이 강했고, 그의 도력이 자신의 청룡검과 검강을 비롯해 내력까지 능가했다는 것을 보여주는 증거였다. 진파랑은 자신이 상상한 것보다 강한 남자였다.

시선을 돌려 진파랑을 쳐다보니 그는 여전히 도를 늘어뜨린 채 늠름한 모습으로 서 있다. 그 모습에 윤청학은 문득 세월이 흘렀다는 것을 알았다.

진파랑은 윤청학의 검강이 강하다는 것을 잘 알고 있었다. 천문성의 무사라면 윤청학의 이름을 모를 리 없기 때문이다. 그는 문홍립과 더불어 함께 천하를 호령하던 인물이었다. 그런 윤청학을 자신이 밀어낸 것이다.

젊을 때 윤청학은 하늘과도 같은 곳에 존재하는 무인이었다. 그 하늘 같은 무인과 어깨를 나란히 한다는 사실에 심장이 크게 뛰었고, 자신이 걸어온 길이 틀리지 않았다는 것을 알 수 있었다. 그것은 기쁨이었다. 그는 자신이 되고자 한 무인이 된 것 같았다.

진파랑은 하나의 꿈을 이루는 중이었고, 강해지라는 종영영의 말이 흘러가는 바람처럼 귓가에 메아리쳤다.

윤청학은 검에 금이 간 사실을 애써 잊으려는 듯 호흡을 가다듬었다. 그 후 마음을 진정시키고 냉정한 눈빛으로 돌아오더니 차분한 목소리로 입을 열었다.

"자네의 무공이 나를 놀라게 할 줄은 예상치 못했네. 영영이의 눈이 틀린 것은 아니었어."

그는 멀리 떨어진 곳에 위치한 검집을 향해 천천히 걸어가면서 다시 말했다.

"본 성에 온다면 자네에게 나쁘지는 않을 걸세. 적어도 자네의 편이 몇 명은 있을 테니 말일세."

스릉!

검집에 검을 넣은 윤청학은 진파랑의 대답도 듣지 않고 발길을 돌렸다. 그가 사라지자 진파랑은 도를 도집에 넣으려다 이내 고쳐 들었다.

살랑 바람이 불어와 어깨를 스칠 때 주점에서 본 두 사람의 모습이 진파랑의 눈에 잡혔다. 그들은 공터로 나오더니 진파랑을 향해 다가왔다.

"강호는 넓고 고수는 많으니 어찌 세상을 등지고 홀로 면벽수련을 할 수 있겠는가?"

청풍이었다. 그 옆으로 정심이 걸어오며 날카로운 눈빛을 빛내고 있다.

"강산은 변함이 없어도 사람은 변하는 법이라오."

"덧없다 생각했거늘."

"변함없는 강산에 비해 사람의 수명은 너무 짧은 것 아니겠습니까?"

"부질없는 인생이라 생각했는데……."

청풍이 웃으며 대답하자 정심은 이마에 주름을 그렸다. 우문현답(愚問賢答)의 청풍 때문이다. 하나 늘 그런 사람이었기에 그런가 보다 하며 지냈지만 여전히 적응하기 어려웠다.

진파랑은 그들의 등장에 인상을 살짝 찌푸렸다. 둘 다 도사이고 분위기 자체에 일반적인 사람이나 무림인과는 전혀 다른 이상야릇함이 있었기 때문이다.

그 분위기는 생전 처음 느껴보는 기이함이었다. 조화롭지 않은데 그들에게는 어울리는 느낌이었고, 마치 소매의 길이가 서로 다른 옷을 입었는데 그게 마치 그 옷의 본래의 모습처럼 보였다.

"누구시오?"

"청풍이라 하네."

"정심이라 하오."

두 사람은 동시에 대답했고, 진파랑은 청풍의 얼굴을 먼저쳐다보았다. 그의 얼굴은 이미 장천사와의 만남에서 보았기에 기억하고 있었다. 그 옆의 정심은 처음 보는 얼굴이었는데 소매에 매화가 그려져 있는 것을 보고 화산파라 생각했다.

"소형제의 존성대명은 어찌 되시오?"

청풍이 물었다.

"진파랑이라 하오."

"좋은 이름이오."

진파랑의 이름을 들은 정심은 미소를 보였다. 청풍은 강남으로 내려오면서 몇 번 들은 이름이기에 흥미를 보였다.

"자네를 보고 혹시나 했는데 역시나 그렇군그래."

"무슨 소리요?"

"그때 장 형 옆에 있던 친구가 아닌가? 스치는 인연이라 생각했는데 역시 우린 이렇게 다시 만나지 않았나? 그때 나누지 못한 인사를 나누기로 하세. 참고로 본인은 새로운 무공을 매우 좋아한다네."

청풍의 말에 진파랑은 살짝 인상을 찌푸렸다. 그가 하는 말이 꽤 돌아가는 말처럼 들렸기 때문이다.

"청풍 형의 말은 자네와 한번 겨루고 싶다는 뜻이라오. 어렵게 듣지 마시구려. 그런데 장 형과 함께 있었다고 하던데, 장 형과는 무슨 관계가 있소?"

정심의 물음에 진파랑은 있는 그대로 말했다.

"옆 산에 사는 이웃이오."

진파랑의 말은 옆집에 사는 이웃이란 말과도 같았다. 이웃사촌이란 말에 정심과 청풍은 인상을 찌푸렸다.

"장천사와는 아무런 관계가 없다는 뜻이오?"

정심이 다시 물었고, 진파랑은 고개를 끄덕였다. 실제 인연의 끈이 있지만 쓸데없는 일에 엮이고 싶지 않아 말하지 않았다.

"물론이오."

"알겠소."

정심은 짧게 자란 수염을 쓰다듬으며 고개를 끄덕였고, 이번에는 청풍이 물었다.

"진 형처럼 대단한 고수를 보았는데 그냥 간다면 돼지가 밥을 먹지 않겠다는 것과 같은 이치이니 한 수 부탁해도 되겠소?"

청풍의 물음에 진파랑은 호승심이 생기는 것을 느꼈다. 청풍 같은 고수와 겨루어서 어느 정도의 실력을 보일 수 있을지 궁금했기 때문이다.

진파랑은 거절할 이유가 없었다. 자신 역시도 눈앞에 고수들이 있는데 그냥 간다면 분명 후회할 것이다.

"좋소이다."

진파랑의 대답에 청풍은 즐겁다는 표정으로 미소를 보이며 어깨에 메고 있는 검의 손잡이를 잡았다. 그때 정심이 반보 앞으로 나서며 말했다.

"잠시만 기다려 주십시오. 한 가지 더 물어볼 게 있습니다.

진 형은 어찌하여 본 파의 진풍 사숙님의 천풍검을 알고 있소
이까?'

천풍검이란 말에 진파랑은 본능적으로 천풍육도를 의미하
는 것이라 생각했다. 하지만 확실하지 않기 때문에 미간을 찌
푸렸다. 청풍이 조금 놀란 표정을 보이며 말했다.

"진풍 사숙님은 오래전 은거하지 않았던가?"

청풍의 물음에 정심이 고개를 끄덕였다.

"진 형이 펼친 도법이 천풍검과 조금 다르기는 하지만 보
법까지 다르지는 않소이다. 천풍검의 보법은 본 파의 화선
보(華旋步)인데 진 형은 그 보법을 쓰고 있소. 이유가 궁금하
오."

진파랑의 표정이 굳어졌다. 지금까지 천풍육도를 쓰면서
그 보법을 은연중 익혔고, 그 보법이 어떤 보법인지에 대해
정확하게 묻지 않았기 때문이다.

"아미파의 보법도 보여. 꼭 화산파의 보법이라 단정 지을
수는 없네."

청풍이 날카롭게 말하자 진파랑은 부정하지 않았다. 그의
보법은 일부 연심의 영향을 받았기 때문이다.

"천풍검이라 함은 어떤 것을 말하오?"

"본인 역시 천풍검을 본 것은 딱 한 번이었소. 그 한 번이
너무 강한 기억으로 남아 기억하고 있는 것이오. 그리고 그

모습을 진 형에게서 보게 되었소. 진풍 사숙과 아무런 연관이 없는 것이오? 진 형의 도법은 누구에게 배운 것이오?"

"말하기 어렵소이다."

진파랑의 대답에 정심은 인상을 더욱 찌푸리며 검의 손잡이를 잡았다.

"본 파의 화선보는 아무나 배우는 것이 아니오. 또한 진 형의 도법은 천풍검과 유사하니 그 이유를 알아야겠소. 대답하지 않겠다면 진실을 말할 때까지 진 형을 추궁할 수밖에 없소이다. 이는 화산파의 명예가 걸린 일이며 매우 중요한 사안이오."

스릉!

정심이 검을 반쯤 뽑아 들었다. 그때 청풍이 나섰다.

"소제는 잠시 기다리게나. 진 형의 무공을 우리가 모두 본 것이 아니지 않은가? 일단 진 형의 무공을 확인한 이후에 물어도 될 일이네. 내가 확인해 볼 테니 자네는 기다리게나."

청풍의 말에 정심은 알겠다는 듯 검을 잡은 손을 놓고 뒤로 물러섰다. 청풍은 만족한 표정으로 진파랑을 향해 미소를 던졌다.

진파랑은 정심의 물음에 난처한 것은 사실이었다. 그리고 청풍이 일단 막았다고는 하지만 천풍검이 천풍육도라면 분명 정심은 알아볼 것이다.

'어차피 알게 될 일이다.'

진파랑은 천풍육도를 펼치면 정심이 알아볼 것이라 생각했다. 하지만 청풍과의 비무를 승낙한 이상 숨기는 것이 힘든 것도 사실이다.

청풍이 말했다.

"진 형과의 만남을 축하하는 의미와 강호의 선배로서 한 수 양보할 터이니 먼저 오시오."

"감사하오."

대답과 동시에 진파랑의 신형이 앞으로 삼 장이나 전진하는 것 같더니 어느새 강한 바람이 청풍을 향해 파도처럼 밀려들었다.

쉬아아악!

풀잎을 휘날리며 날아드는 도풍에 청풍은 기다렸다는 듯이 앞으로 나서며 도풍을 좌우로 잘라 버린 채 진파랑의 목을 노리고 들어갔다.

핑!

청풍의 검끝이 살짝 떨리면서 어떤 방향으로 들어올지 가늠하지 못하게 하였다. 진파랑은 그러한 청풍의 검끝을 눈으로 바라보며 허리를 숙인 채 앞으로 밀고 들어와 청풍의 허리를 쓸었다.

슈악!

강한 바람이 폭풍처럼 밀려들었고, 청풍은 재빨리 허공으로 반 장 뛰어오르며 칠성검법을 펼쳤다. 그의 검이 진파랑의 백회혈과 어깨를 점 찍듯 찍어 눌렀다.

반짝거리는 검기의 빛과 함께 두 개의 송곳이 날아들자 진파랑은 상체를 펴듯 들어 올리며 도면을 뒤집어 위로 쳐올렸다.

슈악!

강한 바람 소리와 함께 백색 도기가 낫처럼 휘어지는 도기를 만들며 청풍의 사타구니부터 베면서 올라갔다.

*　　　*　　　*

"패도적인 도법이구려."

몸을 뒤집어 진파랑의 도기를 피하며 내려선 청풍은 검을 휘휘 저으며 다시 말했다.

"아니, 내가 두 쪽으로 갈라져서 내장이 다 드러난 채 죽으면 어쩌려고 그랬소?"

"당연히 피할 거라 생각했소."

진파랑은 도를 어깨 높이로 들어 올리며 금방이라도 뛰어나갈 것처럼 자세를 잡았다. 활시위를 당긴 화살처럼 팽팽한 그의 기도에 청풍은 내력을 끌어 올리며 말했다.

"너무 강하게 나오는 것 아니오?"

"강한 상대니까 그런 것이오."

"하하하하! 고맙소!"

팟!

청풍이 번개처럼 앞으로 튀어 나가며 진파랑의 면전에 당도해 단전을 찔렀고, 급작스러운 그의 출수에 진파랑은 우측으로 신형을 틀며 그의 목을 쳐갔다.

쉬쉭!

바람 소리가 울렸고, 검과 도가 일으키는 날카로운 기운이 주변 풀잎을 쳐올렸다. 그 찰나, 청풍의 검면이 뒤틀리더니 진파랑을 따라 위로 올라갔다.

번쩍!

빛과 함께 검기가 크게 일어났고, 진파랑은 도면을 돌려 강한 도기로 막은 채 회전했다.

깡!

강한 금속음이 울렸고, 진파랑의 신형이 우측으로 다시 반 장 이동하자 청풍 역시 다음 초식을 펼치지 못한 채 반 장이나 물러섰다. 그 짧은 찰나의 순간 진파랑이 내력을 일으켜 도기와 함께 검을 쳐냈기 때문이다. 반탄강기에 밀려난 청풍은 한쪽 눈썹을 실룩거리며 호승심을 키웠다. 투지가 일어난 것이다.

자신의 연환식을 이런 식으로 깨면서 물러서게 만든 인물은 오랜만이기 때문이다. 현 강호에 그런 인물이 몇이나 있겠는가? 청풍은 놀라면서도 재미있다는 듯 몸을 돌리며 진파랑의 목과 허리를 동시에 쳐왔다.

파팟!

공기가 찢어지는 소리가 울렸고, 검기가 마치 채찍처럼 휘어져 날아들었다. 휘어지는 검기의 장점이 있다면 그 끝이 어디를 목표로 하고 있는지 알기 어렵다는 점이다. 방향을 정하고 막기 어려운 것이 휘어지는 검기였고, 막기 어려우면 그 순간부터 이어지는 연환식(連環式)이 무서웠다.

그것을 위한 청풍의 검기였고, 진파랑은 그러한 청풍의 의도와는 다르게 십살풍을 펼쳤다. 두 개의 도기가 열십자로 일어나 청풍의 검기를 산산이 조각내 버렸다. 그 사이로 전진한 진파랑은 찰나의 순간 일도를 횡으로 베었다.

날 일 자의 도기를 펼치며 접근한 것이다. 청풍은 진파랑의 앞으로 반보 이동하며 그의 도를 막았다.

땅!

강렬한 금속음이 다시 울렸고, 이번에는 둘 다 일 장씩 뒤로 물러섰다. 진파랑은 자신의 길을 정확하게 자르고 막아선 청풍의 실력에 놀라고 있었다.

초식의 변화가 시작되는 그 지점을 정확하게 읽고 그 틈을 막은 것이다. 속으로 놀라고 있는 것은 청풍도 마찬가지였다. 그는 자신의 연환식을 깨버리는 그의 과감한 결단력과 매우 빠른 공수 전환의 모습에서 상상한 것 그 이상으로 그의 실전 경험이 풍부하다는 것을 알았다.

"진 형의 무공이 이토록 뛰어나니 천문성에서도 애를 먹을 만하겠소이다."

"과찬이시오. 청풍 선배의 무공 또한 놀라울 뿐이오."

"이제 적당히 몸이 풀린 것 같으니 시작합시다."

"물론이오."

청풍의 말에 진파랑은 고개를 끄덕였다. 그는 이미 진파랑의 실력을 어느 정도 파악한 눈치였고, 진파랑 역시 서로의 탐색(探索)은 이 정도면 충분하다고 생각했다.

그가 식은땀이 절로 흐르는 고수라는 것을 알았으며 잠시만 방심하면 그 자리에서 패할 것이 분명했기 때문이다.

진파랑은 모르고 있었지만 청풍과 정심은 이미 한 시대를 풍미하다시피 한 초절정의 고수들이었고, 진파랑의 바로 윗세대의 최고 기재들이다. 그 당시 최고의 고수는 장천사였고, 그는 자신의 윗세대까지도 넘어선 희대의 천재였다. 진파랑은 그러한 고수가 존재하는 세상에 서 있는 것이다.

청풍은 자신이 절정기라고 생각했다. 그러한 이유는 넘치는 내공과 아직 줄지 않은 체력 때문이다. 거기다 수많은 경험까지 고루 갖추었으며 천하를 발아래 둔다고 알려진 무당파의 무공까지 익혔기 때문이다.

천하에 고수가 많다고는 하지만 후배에게 뒤처지거나 질거라고는 상상해 본 적이 없었다. 아무리 장강의 뒤 물결이 강하게 몰아쳐도 꿈쩍도 하지 않을 자신이 있었다. 그런데 오랜만에 나온 강호에서 새로운 바람을 보게 된 것이다.

진파랑은 자신이 어떤 고수와 만나고 있는 것인지 아는 것일까? 그는 아직 단 한 번도 강북 땅을 밟아본 적이 없었다.

"시작하지."

"예."

대답과 동시에 두 사람의 신형이 사라지며 수십 개의 불꽃이 허공중에 피어나기 시작했다. '따당!' 하는 금속음이 마치 음률처럼 사방으로 퍼졌으며, 강한 바람이 춤을 추듯 움직였다. 바람에 실린 풀잎들이 너풀거리며 춤을 추다 강한 힘에 회오리치고 밀려 나가기도 했다.

이미 이십 장이나 물러서 있던 정심은 다시 오 장을 더 물러섰다. 그는 두 사람이 만들어낸 바람을 몸으로 맞으며 고개를 끄덕이고 있었다. 오랜만에 제대로 된 비무를 보는 것 같았기 때문이다. 그 와중에 그의 눈은 매처럼 진파랑의 움직임을 살피고 있었다.

"좋구나, 좋아."

정심은 매우 즐거운 표정이었다.

따다당!

진파랑의 도를 빠르게 막으며 그의 가슴을 찌르는 청풍은 굉장히 즐거워했다. 이토록 흥분되는 비무는 오랜만이기 때문이었다. 거기다 지금 시대의 후배 중 자신을 이 정도로 흥분시키는 무인이 있을 거라고는 상상하지 못하였다. 있다면 청공이나 아미파의 연심 정도로 생각했다.

둘은 이미 천하가 인정하는 천재들이기 때문이다. 하지만 오늘, 지금 바로 이 순간 그 외에 다른 한 명이 더 있다는 것을 알게 되었다.

땅!

머리 위로 내려치는 도를 막으며 청풍은 검면을 비틀고 말했다.

"조심하게나!"

그의 목소리는 조금 컸고, 순간 세 개의 검날이 진파랑의 삼면에서 나타났다. 양의검법을 펼치기 시작한 것이다.

청풍의 검기가 삼면에서 나타나자 놀란 진파랑은 재빨리 아미파의 유종보를 밟았다. 그 순간 진파랑의 신형이 환상처럼 뒤로 사라졌고, 십여 개의 환영과 함께 수십 개의 도기가 한꺼번에 청풍을 향해 폭풍처럼 날아들었다.

"유종보."

청풍은 진파랑이 한순간에 자신의 범위에서 벗어나는 것을 보고 놀라 말했다. 그것은 아미파의 유종보가 보여주는 귀신같은 움직임이었고, 환영처럼 늘어난 도기는 오직 유종보로만 펼칠 수 있는 것이었기 때문이다.

청풍의 신형이 미끄러지듯 도기의 범위를 미세한 차이로 피하며 진파랑을 향해 움직였다. 환영이 많았어도 다음 초식을 펼치기 위해선 길을 따라 움직여야 했으며, 그것을 파악한 청풍은 망설임도 없이 어깨를 쳐갔다. 어깨를 베는 것 같지만 실제로는 목과 허리를 양분하는 검기였다.

'제운종.'

청풍은 예전에 청공이 펼친 제운종의 보법을 보았기에 청풍의 움직임이 파악되었다. 그의 검기가 어느 순간 하나에서 두 개로, 두 개에서 네 개로 늘어나자 진파랑은 그 신묘함과 모두가 허초가 아닌 실초라는 것에 놀라워했다.

하지만 진파랑은 물러서지 않았으며 오히려 반보 앞으로 나서며 십살풍을 펼쳤다.

"조심하시오!"

진파랑의 입에서 외침이 터졌고, 백광과 함께 두 개의 거대한 도강이 열십자로 청풍을 집어삼킬 듯 날아들었다. 네 개로 늘어난 청풍의 검기는 삽시간에 사라졌다. 청풍은 삼 장의 거리에서 펼쳐진 진파랑의 십살풍의 도강을 보자 검을 앞으로 찌르며 검환을 만들었다.

핑!

엄지 크기의 검환이 피어나더니 어느새 그 검환의 크기가 어른을 집어삼킬 듯 커지며 진파랑의 십살풍을 막았다.

쾅!

"큭!"

강렬한 섬광과 함께 두 사람의 신형이 뒤로 반 장씩 밀려나다가 어느새 앞으로 나섰다. 강렬한 회오리바람으로 사방으로 휘몰아쳤지만 두 사람은 서로에게 집중하고 있었기에 관심이 없는 듯했다. 땅이 파이고 풀잎이 폭풍에 휘말린 것처럼 떠다녔다.

쉬악!

청풍의 검이 마치 늘어난 것처럼 진파랑의 미간으로 다가왔다. 공간을 넘어 나타난 청풍의 검날을 본 진파랑은 고개를 돌려 피하며 청풍의 하복부로 도를 찔렀다. 하지만 기다렸다는 듯 검날이 방향을 바꾸어 목을 쳐왔고, 진파랑은 도를 들어 막았다.

땅!

금속음이 울리자 두 사람의 신형이 사시나무 떨듯 살짝 떨렸다. 그때 청풍의 좌장이 진파랑의 옆구리로 날아들었다.

무당파의 자랑이자 중원 최고의 내가중수법으로 알려진

면장이다.

쉬아악!

소맷자락을 휘날리며 빛 무리에 휘감긴 좌수가 옆구리에 닿으려는 찰나 진파랑은 할 수 없이 뒤로 물러나 일도를 횡으로 펼쳤다. 청풍의 좌수를 베려는 것이다. 청풍은 손을 거두고 도를 위로 쳐올리며 진파랑의 가슴으로 파고들었다.

쉬악!

진파랑의 신형이 좌측으로 일 장이나 물러섰고, 청풍은 빈 허공을 쳐올려야 했다. 진파랑이 청풍의 움직임을 미리 읽고 물러선 것이다. 그렇지 않았다면 그의 검이 자신의 도를 쳐올림과 동시에 검의 방향을 바꿔 가슴을 꿰뚫었을 것이다. 그 움직임은 기민하고 빨랐으며 정확성도 있었다.

진파랑은 도를 늘어뜨린 채 호흡을 가다듬으며 삼 장의 거리에 서 있는 청풍을 쳐다보았다. 청풍 역시 호흡을 가다듬으며 검을 늘어뜨린 채 서 있다.

진파랑이 먼저 움직였다.

"먼저 가겠소."

"그러게."

파파팟!

진파랑의 신형은 시간이 정지한 듯 멈춰 있었지만 청풍의 전면에 다섯 개의 열십자로 형성된 검기가 날아들었다. 십살

풍을 매우 짧고 작게 끊어 친 것이다. 그러자 다섯 개의 도기
가 엄청난 속도로 날아들었다.

극쾌의 도법을 보여준 것이다. 그것을 본 청풍은 놀라 검환
을 만들었다.

파파팟!

세 개의 검환과 다섯 개의 십살풍이 마주치는 순간 바람 소
리가 일어났다. 그 순간 진파랑의 신형이 앞으로 나오며 파도
같은 도강을 펼쳤다. 천풍육도의 이초식인 강마풍을 펼친 것
이다. 청풍은 그 모습에 위로 피했는데, 그를 따라 고개를 든
진파랑의 눈앞에 다섯 개의 검기가 떨어졌다.

"이기어검!"

진파랑은 놀라 검기를 쳐내며 뒤로 뛰어올랐다. 그리고 하
나의 검빛이 따라붙자 횡으로 그어 그것을 쳐냈다.

쾅!

"……!"

폭음성과 함께 강한 반탄력이 일어났고, 진파랑의 신형이
바닥에 떨어졌다. 그는 살짝 오른 어깨를 떨었으며, 굳은 표
정으로 오 장의 거리에 서 있는 청풍을 쳐다보았다.

"대단하오."

"놀란 것은 나네."

청풍은 진심이라는 듯 고개를 끄덕였다. 실제 그가 노린 것

은 진파랑의 어깨였는데 진파랑이 그것을 피하지 못할 거라 예상했다. 하나 진파랑은 그것을 피했고 마지막 검마저도 쳐낸 것이다. 허공을 날아온 검이 청풍의 손에 잡혔다. 청풍은 검을 어깨에 걸친 검집에 넣으며 다시 말했다.

"제대로 다시 한 번 겨루고 싶지만 내 뒤에 또 한 사람이 있어서 이 정도만 해야겠네."

진파랑은 고개를 끄덕였고, 어느새 청풍의 옆에 나타난 정심에게 시선을 던졌다.

정심이 말했다.

"자네의 사문은 어디인가? 스승은? 모두 말해주게."

"그건……."

진파랑은 잠시 망설였다.

第四章
뒤돌아선 검(劍)

진파랑의 망설임은 그리 길지 않았다.

"내 사부는 왕씨 성에 만 자를 쓰고 있소. 지금은 어디에
계신지 모르니… 뵙고 싶어도 뵐 수가 없소이다. 그분에게 배
운 도법이 천풍육도라 하오. 아마도 화산에서 펼칠 때는 검을
들고 있었기에 천풍검이라 불렀을 것 같소."

진파랑의 솔직한 답변에 정심의 표정이 굳어졌다.

"진풍 사숙님의 속가명이 왕씨 성에 만 자를 쓰시네. 자네
는 화산파의 제자인가?"

"그렇지 않소이다. 화산파를 떠났다고 하시면서 가르쳐 준

것이 바로 천풍육도라는 도법이오, 스승님께선 도법을 가르쳐 주신 뒤 홀연히 사라지셨소이다."

"흠, 그러셨군."

정심은 잠시 짧은 한숨을 내쉬었다. 진풍자를 만날 수 있을지도 모른다는 실낱같은 기대를 하고 있었기 때문이다. 그때 청풍이 옆에서 말했다.

"좋은 일이 아닌가? 비록 진풍 사숙께서 제자를 안 두셨다고 하나 이렇게 속가의 제자를 두었으니 항렬로 따지면 자네의 사제가 아닌가? 저토록 뛰어난 사제를 두었으니 축하할 일이로군그래. 하하하!"

"사숙님께서 화산파를 떠나신 뒤 제자를 받으셨으니 엄밀히 따지면 본 파의 제자가 아니지요. 그러니 사형제지간은 아니라고 생각합니다."

정심의 말에 청풍은 미소를 던지며 고개를 저었다.

"고지식하긴."

"사형제지간이 가지고 있는 의미가 얼마나 무거운 것인지 청풍 형도 잘 알지 않습니까? 가볍게 부를 수 없는 것이니 진 형과의 관계는 선후배 정도가 좋겠지요. 진 형은 어찌 생각하시오? 앞으로 진 소제로 부르고 싶은데, 괜찮소이까?"

악의가 없는 사람들이고 그들의 말 속에 다른 의도는 없어 보였다.

"상관없소이다."

진파랑의 대답에 청풍과 정심의 기도가 부드럽게 변하였
다. 정심이 다시 입을 열었다.

"고맙소. 진 소제처럼 뛰어난 고수를 보게 되니 매우 반갑
네. 그럼 이제 적당히 쉰 것 같으니 우리도 시작하는 게 어떻
겠나?"

스릉!

정심의 손에 검이 들리자 그의 기도가 순식간에 차갑게 변
하였다.

청풍이 봄바람 같은 것이라면 정심은 겨울에 부는 칼바람
처럼 느꼈다. 상반되는 분위기였고 날카로운 송곳들이 찌르
는 것 같았다.

진파랑은 가벼운 상대가 결코 아니라는 것을 잘 알기에 그
의 기도만으로도 심장이 크게 뛰는 것을 느꼈다.

'하루에 천문성의 검과 무당파의 검을 견식한 것도 행운인
데 화산파까지 보게 되는구나. 운이 좋은 것인가? 그게 아니
면 운이 나쁜 것일까?'

진파랑은 가슴을 진정시키며 호흡을 가다듬고 구층연심공
을 삼층까지 끌어 올렸다. 그러자 그의 강한 기도가 바람을
만들고 있었다.

훈풍처럼 불어오는 바람은 정심과 청풍의 곁을 스치고 넓은 공터를 휘감았다.

진파랑의 공력이 대단하다는 것을 보여주는 단적인 증거이다. 그것을 청풍과 정심이 모를 리가 없었다. 하나 정심 역시 강호 최고의 기재라는 소리를 들으며 강북무림을 주름잡던 인물이다.

"진 소제부터 먼저 오게."

선수를 양보한다는 정심의 말에 진파랑은 주저 없이 앞으로 나섰고, 정심의 옆에 있던 청풍은 어느새 뒤로 이십여 장이나 물러서 있었다.

진파랑의 도가 날 일 자를 그리며 파도 같은 도풍을 만들어 나가자 이미 그 초식의 변화를 한번 견식하고 꿰뚫어 본 정심은 도풍의 뒤로 움직이는 진파랑의 방향을 읽고 가볍게 허공을 뛰었다.

도풍을 피함과 동시에 그의 몸이 삽시간에 회전하더니 수백 개의 검기가 마치 꽃잎처럼 퍼져 나갔다. 검끝에서 꽃이 피어난 것이다.

꽃이 피고 있다는 표현이 정확했다. 매화꽃을 닮은 검기는 하나하나가 모두가 살아 있는 검기의 조각들이었다. 화산파의 매화검법이 강호의 일절이라 부르는 이유를 진파랑은 눈으로 확인할 수 있었다.

진파랑은 앞으로 나가던 몸을 잠시 멈추며 강마풍을 펼쳤다.

슈아악!

도풍이 강하게 일어나 휘감겨 들어오는 매화꽃을 쳐내며 위로 솟구쳤고, 진파랑의 신형이 땅에 내려선 정심의 하복부를 향해 도를 찔렀다. 그의 신형은 낮게 가라앉아 있었는데 파랑풍을 펼친 것이다.

쾌도였고 섬전 같은 빛이 한 줄기 지나가는 것 같았다.

픽!

정심의 신형을 두 조각으로 분리하고 가로지르는 도의 빛은 여전히 반짝였고, 그 끝에 진파랑이 서 있었다. 하지만 도에서 정심의 옷자락조차 베지 못한, 빈 허공을 벤 느낌이 들자마자 진파랑은 위험을 감지했다.

정심이 이형환위로 번개처럼 신형을 움직여 피한 뒤 진파랑의 뒤를 노린 것이다. 이미 파랑풍의 흐름이 어떤 것인지 대충 감을 잡고 있던 그였기 때문에 파랑풍의 초식을 피한 것이다.

진파랑은 신형을 돌림과 동시에 날아드는 검끝을 도로 쳐냈다.

땅!

금속음과 함께 불꽃이 튀었고, 진파랑의 신형이 살짝 흔들렸다. 균형을 잠시 잃은 것이다. 그것을 놓칠 정심이 아니었고, 그의 검이 진파랑의 오른 어깨를 찍었다. 분홍빛 점이 피어남과 동시에 진파랑의 신형이 흐릿하게 흔들렸다.

퍽!

땅이 파이고 흙이 튀었다. 유종보를 펼친 진파랑의 신형이 반 장 정도 좌측에 나타나더니 어느새 정심의 오른팔을 노리고 도를 쳐올렸다. 정심은 검기를 펼치며 다가온 상태라 진파랑의 도를 피하기가 쉽지 않았다. 공방일체가 이미 몸에 배어 버린 진파랑의 도초에 정심은 깜짝 놀라면서도 침착하게 신형을 돌려 올라오는 도를 옆으로 쳐냈다.

진파랑은 도를 회수하며 방향을 돌려 오히려 옆구리를 베었다. 위로 치다가 도의 방향을 바꾸는 그의 움직임은 쾌속해 막기 어려워 보였다. 정심은 검을 들어 막으며 진파랑의 힘을 밀어냈다.

땅!

강력한 금속음이 울렸다. 진파랑의 신형이 주춤거렸고, 그 찰나 정심의 공세가 이어졌다.

쉬쉭!

진파랑은 미간을 찌르는 정심의 검날을 고개를 살짝 좌우로 움직여 피했다. 귓불을 아슬아슬하게 스치는 검날의 날카로운 소리가 등골을 오싹하게 만들었지만 진파랑의 표정은 변화가 없었다. 눈앞에 검이 움직이는 것에 익숙하기 때문이다.

핏!

목을 베어오는 검을 반보 물러서며 피했고, 목젖에 검끝이 닿을 것처럼 지나쳤다. 검이 만든 유형의 기운이 목에 닿은 듯 보였는데 진파랑의 호신강기가 너무 강해 상처까지 만들 수는 없었다.

정심은 진파랑이 미세한 간격을 두고 피하자 손목만을 움직여 검의 방향을 바꿔 가슴을 베었다. 횡으로 이어지는 검빛이 반짝였고, 검화가 피어나자 진파랑의 신형이 좌우로 흔들리며 환영과 함께 뒤로 물러나고 있었다. 그러던 어느 순간 진파랑의 앞에 백광이 피었다.

땅!

금속음이 일어났지만 그리 크지 않았고, 그 정도의 힘으로는 공세에 들어간 정심을 멈출 수가 없었다.

한번 승기를 잡은 정심은 그 승기를 놓치지 않으려 끝없이 진파랑을 몰아붙였다. 그러나 다시 한 번 울린 금속음에 정심의 표정이 굳었다. 진파랑의 손이 언제 어떻게 움직였는지 흐릿한 잔상만 보였기 때문이다.

"호오……!"

멀리서 지켜보는 청풍은 변화가 생겼다는 것에 흥미를 보였다. 뒤로 물러서는 진파랑의 도는 여전히 땅을 향하고 있었지만 분명 정심의 검을 한 번씩 막고 있었다. 자신의 눈으로도 좇기 어려운 극쾌의 움직임이었다.

'강호에 저런 쾌도가 있었던가?'

따당!

정심의 움직임이 매우 미약하게 잠시 주춤거렸다. 하지만 정심은 매화산검을 펼쳐 우측으로 몸을 움직이는 진파랑을 좇아 좌우로 검을 찔렀다. 검기가 꽃잎처럼 진파랑을 감싸 안았고, 정심의 검끝이 흔들리자 더욱 많은 검영이 그 뒤를 따라갔다.

지금의 공세가 다시 뒤바뀌면 쉽지 않은 비무가 될 것을 정심도 본능적으로 알고 있었다.

'아직까지도 호흡이 고른 것을 보아하니 오 할의 내공도 보이지 않았구나.'

정심은 진파랑의 무공에 감탄하면서 실제 지켜볼 때와 겨룰 때의 차이가 크다는 것을 느꼈다. 강호에 그런 무인은 그리 많은 편이 아니다.

'사숙님께서 선택을 하셨다면 그만한 이유가 있을 것이다.'

정심은 백여 개의 검화를 발산하며 진파랑의 단전과 목을 노렸다. 두 개가 실초이고 나머지가 허초였으며, 지금까지 진파랑을 향해 펼친 모든 것이 실초였다면 처음으로 허초를 섞은 것이다. 그 변화는 분명 매우 큰 것이다. 허초 사이에 실초가 섞이면 상대적으로 허초에 속아 함정에 빠질 수가 있으며, 상대는 실초 외에 허초까지 신경 써야 하기에 심력의 소모가 클 수밖에 없었다.

그에 반해 초식을 펼치는 입장의 정심은 내력의 소모를 줄일 수가 있으며 실초에 집중하고 그다음의 연환까지도 연결할 수 있는 기회이기도 했다. 고수들이 즐기는 방법이다.

정심의 검이 허초들 사이에서 진파랑의 단전을 찌르려는 찰나 진파랑의 오른팔이 짧게 움직이는 듯했다.

쉬아악!

따다다당!

바람과 함께 일어난 수백 개의 점이 정심을 찌르는 듯하자, 정심의 눈이 부릅떠지며 최대한 빠르게 뒤로 물러섰다. 진파랑이 삼 할의 내력으로 혈소풍을 펼친 것이다.

"……!"

오 장이나 물러선 정심은 놀란 듯 검을 든 채 진파랑을 쳐다보았다. 좀 전에 보인 것은 검강도 아니고 검기도 아니었다. 그리고 화산파의 쾌검 초식인 매화산산과 비슷해 보이기도 했다. 하지만 분명 달랐다.

"바람?"

정심은 굳은 표정으로 찢겨 나간 소맷자락을 쳐다보았다.

진파랑은 청풍과의 비무에서도 혈소풍은 보이지 않았었다. 정심과의 비무를 위해 아껴둔 것이다.

청풍과의 비무에서 지켜보고 있는 정심을 의식해야 했다. 그는 분명 자신이 펼친 초식의 움직임을 읽고 대비할 것으로 보였다. 그 정도는 무림의 고수라면 당연한 일이다.

그래서 보통 비무는 둘만이 하는 경우가 많았으며, 무림에선 종종 목숨을 걸었고 정파에선 훔쳐보는 것도 엄중히 다루었다.

물론 사파들은 다 죽이는 경우가 많았다.

"하하하하!"

정심은 크게 웃었다. 유쾌한 웃음소리로 즐거워 보였다. 그는 진풍자의 천풍검이 다른 형태가 되어 진파랑의 손에 들어갔다는 것에 큰 불만을 가졌다. 진파랑을 보자 그가 적의를 가진 이유가 거기에 있었다. 어찌 보면 천풍육도는 화산파의 도법이나 검법이 되어야 했다. 그게 순리일 것이다.

그런데 그러한 불만을 진파랑은 실력으로 없애준 것이다. 그 점이 너무 만족스러웠다.

"더 하시겠소?"

진파랑의 물음에 정심은 검을 검집에 넣으며 대답했다.

"진 소제의 도법은 이미 충분히 감상하였으니 그만하세나. 더 했다가는 저기 서 있는 무서운 고수께서 자네의 도법을 모두 외울지도 모르네."

정심의 말에 진파랑은 정색했다. 그의 말은 약점을 찾아 파훼법을 연구한다는 뜻과 같았기 때문이다.

"이런, 이렇게 좋은 공부가 되는 비무를 벌써 끝내다니 너무한 거 아닌가?"

청풍이 아쉬운 표정으로 다가오며 말했다. 정심이 청풍과 진파랑의 비무에서 진파랑만 봤을 리는 없었다. 그건 청풍도 마찬가지다.

"진 소제, 이렇게 만난 것도 인연이고 하니 술이나 마시러 가세나. 이런 날 술이 빠지면 쓰겠는가?"

"어떤가?"

정심과 청풍이 권유하니 진파랑의 입장에선 거절할 수가 없었다. 두 선배의 눈빛이 매우 초롱초롱하게 반짝였기 때문이다.

*   *   *

꽤 비싸 보이는 주루의 별실에 앉은 세 사람은 많은 음식과 함께 있었다. 비싼 죽엽청을 한 잔씩 따른 청풍이 술잔을 높이 들었다.

"사내는 술 한 잔에 인생을 걸지."

"물론이지요."

흐뭇한 표정으로 정심 역시 술잔을 들었다. 진파랑은 청풍과 정심이 왜 같이 다니는지 이제야 좀 이해가 되는 표정이다.

두 사람은 자신이 봐도 다른 성격의 사람들이고 잘 어울릴 것 같지 않았다. 그런데도 둘이 저렇게 함께 다닌다는 것을 보면 무언가 한 가지 이상 잘 맞는 것이 있을 것 같았다. 그게 술로 보였다.

그런데 한 가지 걸리는 게 있었다.

'돈은 있을까?'

진파랑은 의문이 들었으나 물을 수가 없었다. 너무 기분 좋아 하는 표정이었다. 청풍과 정심은 어서 술잔을 들라고 눈짓했다.

"진 소제도 잔을 들게나."

"예."

이상한 기분이 들었다. 마치 열아홉에 천문성의 말단 무사로서 소속을 배정받아 입단하는 기분이다.

"진 소제와의 만남을 축하하며!"

청풍이 크게 외치며 마시자 정심과 진파랑이 뒤따라 마셨다.

"좋구나!"

청풍은 기분 좋은 얼굴로 고개를 끄덕이며 다시 술잔에 술을 따랐다.

"사내는 술 한 잔에 인생을 걸지."

같은 말을 반복하는 그였다. 곧 그는 다시 말했다.

"저 옛날 관우가 술 한 잔에 인생을 걸고 화웅을 죽이지 않았다면 그의 인생은 그토록 크게 바뀌지 않았을 것이네. 술 한 잔에 인생을 걸었기 때문에 조조가 관우에게 반한 것이 아니겠나? 사람들이 다 그를 칭송하는 것도 술에 인생을 걸었기 때문이지. 그런데 아쉽게도 나는 도사라 술에 인생을 걸 수가 없구나. 슬픈 일이다. 슬픈 일이야."

청풍은 술잔을 만시며 다시 한 잔을 마셨고, 또 따라 마셨다. 그러자 정심이 술병을 뺏었다.

"혼자만 마실 것이오?"

정심은 자신의 술잔에 술을 따른 뒤 연거푸 두 잔을 더 마셨다. 진파랑은 짙어지는 주향(酒香)에 고개를 저으며 잉어튀김에 젓가락을 움직였다.

'정말 돈이 있을까?'

다시 든 의문이다. 진파랑은 돈이 없었고, 없기 때문에 생기는 불안감이다.

"소형제, 자네는 술 한 잔에 인생을 걸 수 있을 듯하니 부럽기 그지없네."

"저는 술에 인생을 걸고 싶지는 않습니다."

진파랑은 술을 반 잔 마신 뒤 식탁에 내려놓았다. 그러자 정심이 말했다.

"시간이 되면 화산파에 한번 놀러 오게나. 소제는 본 파와 인연이 깊으니 화산에서도 자네를 좋아할 걸세."

"그렇게 하지요."

진파랑의 대답에 정심은 흐뭇한 표정으로 다시 술을 마셨다.

"술을 마시니 강호에 처음 나왔을 때가 떠오르는군."

"그렇지요. 저도 그렇소이다."

청풍의 말에 정심이 고개를 끄덕였다. 둘은 잠시 말없이 술을 마시며 그때의 기억을 회상하는 듯했다.

"청운의 꿈을 안고 사파 무리를 없애기 위해 강호에 나왔었지. 흑마회(黑魔會)가 그때 감숙에서 큰 악명을 떨치고 있을 때인데 그들의 악행을 참지 못한 강호의 영웅들이 대거 흑마회를 없애기 위해 모여들었고 나 또한 그곳으로 갔다네."

"그 얘기를 또 하십니까? 지겹지도 않습니까?"

정심은 몇 번이나 들은 얘기인 듯 청풍의 말을 막으려 했다. 청풍이 말했다.

"아니, 자네는 많이 들었어도 소제는 처음 듣는 게 아닌가? 그래서 그때 나 역시 감숙으로 향했지."

진파랑은 청풍의 말에 흥미를 느낀 듯 고개를 끄덕였다. 처음 듣는 얘기이기 때문이다.

"그런데 내가 중간에 일이 생겨 잠시 늦었네. 보이는 건 시체고 또 시체였어. 묻어주고 다시 이동하고 묻어주고 다시 이동하다가 이 친구를 만났지."

"나도 그때는 초출이었고 여러 선배님들과 함께했었지. 아무튼 그때 의기투합해서 흑마회를 몰아쳤네."

정심도 그때의 기억을 떠올리며 조금은 흥분한 표정으로 거들었다. 말을 막으려 하던 사람으로 보이지 않았다.

청풍은 다시 술을 한잔 마시더니 말했다.

"우여곡절 끝에 흑마회주를 만났는데 그자의 무공이 대단하여 삼 일 동안 백 명이 넘는 고수들과 싸웠다네. 시체는 늘어나도 그자의 무공은 여전했지. 하지만 아무리 대단한 고수라 하더라도 삼 일 동안 강호의 고수들을 모두 상대할 수는 없는 법, 결국 무릎을 꿇었지. 흑마회주는 정파라는 것들이 떼로 몰려와 한 사람을 핍박한다며 욕을 하더군. 비겁하다고 말이야."

"비겁한 것은 맞지요. 흑마회주는 한 명이었습니다. 저는 마음 한구석에 그 말이 남았습니다."

"그렇긴 하지. 하나 그자가 죽인 사람만 천 명이 넘네. 그 뿐만 아니라 흑마회가 죽인 무고한 사람도 만 명은 될 것이야. 수백의 마을을 없애고 아녀자들을 납치하여 노예로 쓰지 않았나? 그렇게라도 해서 죽여야 했네."

"맞는 말씀입니다."

정심은 청풍의 말에 무조건 동의하는 사람처럼 보였다. 청풍은 남은 술을 모두 마시며 조금 취기가 오른 목소리로 말했다.

"그런데 다 잡은 흑마회주의 그 말에 어처구니가 없게 나선 사람이 있었네."

"있었지."

정심이 기억난다는 어투로 고개를 끄덕이자 청풍이 다시 말했다. 그 와중에 청풍은 새로운 술병을 열고 술잔에 술을 따랐다. 정심이 그 술병을 받아 자신의 잔에 따랐다.

"장 형이었어."

장 형이란 말에 진파랑은 본능적으로 그 사람이 장천사라는 것을 알았다. 청풍이 장천사를 향해 장 형이라 부르는 것을 보았기 때문이다.

정심의 표정이 굳어졌고, 그가 입을 열었다.

"장 선배는 흑마회주에게 삼 일 동안 쉴 수 있게 해주었네. 내상을 모두 치료하고 건강한 상태로 싸우자고 말이야."

"다른 사람들이 그걸 보고만 있었습니까?"

정심의 말에 진파랑이 물었다. 정심은 손을 저었고, 청풍이 다시 말했다.

"당연히 모든 사람이 반대했지. 당연히 죽여야지. 그런데 장 형은 모두가 말리는데도 흑마회주의 내상이 모두 회복되도록 지켜줄 테니 걱정하지 말라며 운기를 하라 했지. 이건 정말 말도 안 되는 일이었네."

청풍의 말처럼 그 당시의 일은 미친 짓처럼 보였다. 흑마회주의 무공은 천하제일에 가까웠으며 명성 높은 고수 백여 명을 상대로 삼 일 동안 싸운 인물이다. 그런데도 그자를 죽일 수가 없었는데 다시 내공을 회복하게 하자는 것은 자살하자는 것과 같았다. 백여 명의 군웅들도 지쳤기 때문이다.

장천사는 흑마회주를 죽이려는 군웅들의 반대에도 무릅쓰고 흑마회주를 보호했으며 운기조식을 할 수 있게 호위가 되어주었다.

사람들은 미쳤다고 했고, 실제 장천사를 물리치고 흑마회주를 죽이려는 사람들도 있었다. 하지만 장천사를 넘을 수는 없었다고 한다.

삼 일 뒤, 장천사는 내상을 완벽히 회복한 흑마회주와 마주할 수 있었다. 흑마회주는 모두 죽이겠다며 광소를 토하고는 자신의 힘을 과시하려 했다. 그의 마공은 진정 대단해 산도 허물 정도였다.

흑마회주는 자신을 도운 어리석은 장천사를 가장 먼저 편안하게 죽이겠다며 자신의 호의라고 말했다 한다. 흑마회주의 입장에서 볼 때 장천사는 분명 미친놈이었다. 미친놈이니 가장 먼저 죽여야 하는 것도 맞았다.

장천사는 웃었고, 단 오 초 만에 삼 일 동안 내상을 회복할 수 있게 지켜줬던 흑마회주를 죽였다고 한다. 단 오 초 만에 죽인 것이다.

사람들은 흑마회주를 죽였다는 사실에 흥분했지만 그의 행실은 분명 상식을 벗어난 일이었다. 어떤 이들은 미친놈이라 불렀다. 하지만 아무도 그의 무공에 대해 부정하지 않았다고 한다.

"그자는 그런 사람이네. 뭐든지 자기 마음대로 하는 사람이지. 밤이 깊은 듯하니 나는 먼저 가서 자겠네. 아침에 보세."

어느새 모든 술을 다 마신 청풍이 일어나 방으로 들어갔고, 정심도 잔에 남은 술을 마신 뒤 일어섰다.

"진 소제도 얼른 자게."

"예."

정심이 자신의 방으로 향하자 진파랑도 자리에서 일어나 방으로 들어갔다. 청풍과 정심을 만나 무당과 화산의 무공을 견식한 것만 해도 오늘은 분명 좋은 날이었다.

'종잡을 수 없는 사람이로군.'

진파랑은 문득 장천사에 대해 아는 게 없다는 것을 알았다.

*   *   *

하오문에서 운영하는 태평루의 가장 안쪽에 마련된 별채에 앉아 있는 진파랑은 굳은 표정이었는데 하루 종일 그러한 표정으로 시간을 보내고 있었다.

태평루를 나가 천문성으로 향하고 싶었지만 그렇게 할 수가 없었다. 청풍과 정심이 새벽에 사라졌기 때문이다. 진파랑은 돈이 없었고 돈이 없으니 태평루에 잡혀 있을 수밖에 없었다.

"느낌이 좋지 않았어."

진파랑은 앞으로는 본능적인 감각을 믿어야겠다고 다짐했다.

삼 일 동안 태평루의 별채에 머물렀기 때문에 지불해야 할 돈은 더욱 크게 늘어나고 있었다. 그렇다고 그냥 갈 수도 없는 노릇이고 무전취식으로 사람들의 입에 올라가는 것이 싫었다. 그래도 다행이라면 하오문과는 연이 있다는 점이다.

차려주는 저녁 식사를 다 먹은 뒤 차를 따라 마시던 진파랑은 기다리고 있던 손님의 얼굴을 보게 되자 표정을 풀었다.

청색 경장을 입고 들어오는 인물은 이십 대 초반으로 보이는 약관의 청년이었다. 그리고 그 얼굴은 남장을 한 청란이란 것을 진파랑은 잘 알고 있었다.

"천하의 진파랑께서 무전취식이라니 이건 또 무슨 상황이지? 내가 어이가 없어서 달려오기는 했지만 천문성이 코앞에 있는 상황에서 본 문에게 위치를 노출시키다니 정신이 있는 거야? 본 문에서 설마 네 정보를 천문성에 안 팔 거라고 착각하는 것은 아니겠지?"

"오랜만이야. 무공산에서 떠난 뒤 멀리 가지 않은 모양이군?"

진파랑의 물음에 청란은 허리에 양손을 올리고 신경질적으로 대답했다.

"인사는 그 정도가 전부야? 누구 때문에 광동으로 내려가다 다시 되돌아왔는데? 성의는 좀 보여줘야 하지 않아? 이곳 음식값도 모두 본 문에서 지불하기로 했으니 신세 진 게 확실하잖아?"

"신제는 나중에 갚지."

진파랑의 감정 없는 대답에 청란이 자리에 앉았다.

"도대체 어떻게 된 일이야?"

청란의 물음에 진파랑은 차마 청풍과 정심에 대해 이야기할 수가 없었다. 단지 그들이 누구인지 궁금함은 생겼다.

더욱 이해가 안 되는 것은 무당파와 화산파의 도사들이 무전취식을 하고 도망쳤다는 점이다. 그것도 자신만 남겨두고 말이다. 그렇다고 그들에게 화가 나거나 원한이 생긴 것은 아니다. 그저 재미있다는 생각만 들었다.

"궁금한 게 있는데 청풍 도장과 정심 도장에 대해 알고 있어?"

진파랑의 물음에 청란이 아미를 찌푸렸다.

"그 괴짜분들을 만났어?"

"괴짜?"

청란이 고개를 저으며 다시 말했다.

"분명 두 사람은 대단한 고수들이 분명한데 사람들은 잘 거론하지 않아. 물론 우리도 좋아하지 않지. 본 문의 분타 십여 개를 그들이 없앴으니까."

"없애?"

청란이 고개를 끄덕였다.

"낙양에 있던 분타와 그 지역에 뿌리를 내리고 있던 본 문의 하부 조직 중 하나인 이락방(利樂幇)을 청소했거든. 이락방은 도박장을 운영하던 곳인데 사실 무림인들과 엮일 일은 거의 없는 곳이었지. 그런데 청풍 도장이 지나가는 길에 어떤 여자가 도박 빚에 이락방의 방도들에게 두들겨 맞고 있었다고 해. 그 모습을 본 청풍 도장이 낙양의 모든 도박장을 다 돌아다니면서 쓸어버린 거지."

"도박장을 없애 버린 모양이군."

청란은 다시 한 번 인상을 찌푸리며 고개를 저었다.

"아니. 도박을 했어."

"무슨 소리지?"

"청풍 도장은 낙양의 모든 도박장을 다 돌아다니면서 도박을 하고 돈을 쓸어 간 거야. 무공으로. 사기라고 이락방의 방도들이 달려들었지만 어디 무공으로 이길 수 있는 사람인가? 모두 두드려 맞았지. 뭐라 할 수도 없고 억울하다고 사파의 고수들에게 청원을 했지만 누가 감히 무당파의 도사를 건들겠나? 이락방은 결국 문을 닫았지."

"괴짜로군."

"정심 도장은 강호인들이 기피하는 인물인데 조금 독특한 면이 있어. 사파인들이 가장 만나기 싫어하는 대상이고. 과거에 서산혈마라고 서산에서 살고 있는 사파의 거마(巨魔)가 있었는데 장안에 놀러 왔다가 사고를 친 거야. 열 명 정도를 죽였는데 그때 지나가던 정심 도장이 서산혈마를 반죽음까지 몰고 갔었지. 서산혈마는 정심 도장에게 목숨을 구걸하며 한 번만 살려주면 착하게 살겠다고 다짐했어. 정심 도장은 그게 불쌍해서 살려줬다고 해."

"의외로군."

살려줬다는 말에 진파랑은 재미있는 얘기를 듣는 사람처럼 고개를 끄덕였다. 청란이 다시 말했다.

"서산혈마는 다시 서산으로 돌아갔는데 사람이 어디 그렇게 한 번에 변하겠어? 서산혈마는 다시 사람을 죽이고 악행을 저질렀지. 그런데 웃긴 게 서산에서 사람을 죽일 때 그 자리에 정심이 다시 나타난 거야. 그는 왜 약속을 어겼냐며 서산혈마를 죽였지."

"재미있군."

진파랑의 대답에 청란은 고개를 저으며 다시 말했다.

"알고 보니 정심은 서산혈마를 살려준 뒤 그를 미행한 거였어. 끝까지 쫓아가 그가 악행하기를 기다린 뒤 약속을 어겼다며 죽인 거지. 그렇게 죽은 사파의 고수가 십여 명은 넘을 걸. 그 이후로 정심 도장을 만나면 도망부터 치지."

"네 말대로 재미있는 사람들이로군."

진파랑은 청풍과 정심 같은 인물이 강호에 있다는 것에 자신이 알던 세상과 다르다는 느낌을 받았다.

자신이 아는 강호는 거칠고 무정했다. 그런데 청풍과 정심이 사는 강호는 생동감이 있고 유쾌함이 있는 듯했다.

'사는 세상이 다르구나.'

진파랑은 문득 그들이 부럽다는 생각이 들었다.

그처럼 뛰어난 무인들이 왜 강호에서 거론되지 않는 것일까? 그런 이유로? 괴짜라서? 진파랑이 볼 때 청풍과 정심은 자신이 만난 그 어떤 무인보다 강했다.

"장천사는 어떤 사람이지?"

"일기… 휴, 솔직히 말하면 우리도 그에 대해 아는 것이 많지 않아."

"왜 그렇지? 하오문이 잘 모른다고 하다니 의외인데?"

청란은 팔짱을 끼며 고민스러운 표정으로 대답했다.

"장천사는, 아니, 일기는 신출귀몰한 인물이야. 그자의 모습을 본 사람들은 그리 많지 않으며 본 사람들 역시 입에 담지 않고 있지."

진파랑이 다시 물었다.

"흑마회에 대해 알고 있어?"

"흑마회는 과거 상당한 영향력을 행사하던 집단으로 그 회주의 무공 또한 강북에서 손에 꼽힐 정도로 높았다고 해. 일기의 손에 회주가 죽고 난 뒤 흑마회는 사라졌지."

진파랑은 청풍과 정심이 적어도 거짓말은 안 하는 사람들이라 생각했다. 실제 진파랑은 흑마회의 존재조차 의심했기 때문이다.

천문성에서 생활할 때 듣지 못한 단체였기 때문이다.

"그런데 갑자기 내게 강호인들에 대해 묻는 이유가 뭐지? 그런 질문이나 하려고 무전취식을 한 것은 아니겠지?"

"그냥 궁금했을 뿐이야."

진파랑은 대답 후 다시 말했다.

"한 가지 부탁이 있는데……."

"부탁? 별일이네. 네가 부탁을 다 하고."

청란은 궁금한 표정으로 대답했다. 진파랑은 품에서 서찰 하나를 꺼내 내밀었다.

"이걸 천문성에 전해줬으면 좋겠어."

진파랑의 말에 청란의 표정이 굳었다.

"이게 뭐지?"

"삼 일 뒤 천문성으로 들어갈 거라는 내용이 담긴 편지."

"미쳤군."

청란은 진심으로 말했다. 진파랑은 흐릿한 미소를 보이며 자리에서 일어나 창밖으로 시선을 던졌다. 저 멀리 천문산이 보이는 듯했다.

"천문성에서 도망쳐 나올 때 다시 돌아가는 날 진가의 이

름을 널리 알리겠다고 다짐했었지. 내 무공에 자신이 있을
때."

"오만 같아."

청란은 진심으로 말했고, 걱정하는 눈빛이었다.

"그런데 정말 내가 천문성을 넘을 수 있을까? 쉽지는 않겠
지. 하나 지금이라면 가능할지도 몰라."

"결국 싸우겠다는 뜻이로군."

진파랑은 고개를 끄덕였다. 청란이 볼 때 그의 의지는 이미
확고한 듯 보였고, 꺾일 것 같지 않았다.

처음 무공산에서 그를 보았을 때 청란은 그가 천문성에서
도망친다고 생각했다. 그렇지 않았다면 그가 무공산에 홀로
눌러앉아 무공을 수련한다는 핑계로 시간을 보낼 리 없기 때
문이다. 허송세월을 보내는 것일까? 문득 그런 생각도 들었
다. 그런데 그가 갑자기 방향을 바꾸어 천문성으로 향한다고
하자 놀라면서도 걱정이 되었고, 어쩌면 영원히 그를 못 볼지
도 모른다는 생각도 들었다.

"못 하겠어."

청란은 진파랑이 건네준 서찰을 탁자 위에 올려놓으며 고
개를 저었다. 진파랑이 죽으러 가는 것을 뜬눈으로 지켜볼 수
가 없었기 때문이다. 그런 청란의 마음을 아는지 모르는지 진
파랑은 무심하게 다시 말했다.

"네가 하지 못한다면 다른 사람을 시켜도 상관없어."

진파랑의 말에 참고 있던 청란이 버럭 소리쳤다.

"야!"

청란의 갑작스러운 고함 소리에 놀란 진파랑은 고개를 돌렸고, 그의 눈과 청란의 붉어진 눈이 마주쳤다. 청란의 얼굴이 붉으락푸르락하더니 반쯤 울먹이는 목소리로 크게 말했다.

"죽는다고, 이 새끼야!"

진파랑은 그녀의 갑작스러운 변화에 놀라 인상을 찌푸렸다.

"갑자기 왜 그래?"

"몰라서 물어? 진짜 몰라서 그래? 니가 죽을지도 모르는데 나보고 이걸 전하라고? 그놈들이 네가 온다면 '아이고, 어서 오십시오' 그러면서 성 밖까지 마중 나와 정중히 대할 거라 생각한 거야? 돌았어? 내가 왜 이걸 전해야 하는데?"

청란이 버럭 소리치며 자리를 박차고 일어섰다. 그녀는 소매로 붉어진 눈가를 비비며 다시 말했다.

"니가 죽는다고, 미친놈아!"

청란은 더욱 붉게 충혈된 눈을 비비며 신형을 돌렸다. 그런 청란의 어깨를 진파랑이 힘주어 잡았다.

"죽지 않아."

청란의 어깨가 그 한마디에 잠시 멈칫거렸다. 진파랑의 묵직한 목소리가 귓가에 마치 못이라도 박히듯 박혔기 때문이다.

"죽을 생각 없어. 천문성을 넘지 못한다면 나 또한 없기 때문에 가는 거다."

진파랑의 무거운 목소리가 다시 들렸고, 청란의 어깨가 조금은 진정되는 것 같았다.

청란은 아랫입술을 깨물더니 급작스럽게 신형을 돌려 진파랑을 끌어안았다.

"앗!"

놀란 진파랑은 주춤거렸고, 청란은 진파랑을 거머리처럼 끌어안은 채 그의 가슴에 얼굴을 묻었다. 진파랑은 놀라 그녀를 떼어놓기 위해 양어깨를 잡은 손에 힘을 주었다.

청란이 말했다.

"서찰은 전할게. 그러니까 가만히 있어."

청란의 말에 진파랑은 그녀의 어깨를 잡은 손의 힘을 풀었다.

"휴……."

진파랑의 입에서 긴 한숨 소리가 흘러나왔다. 그는 오른손을 들어 청란의 뒷머리를 쓰다듬었다. 청란의 몸에서 흘러나오는 옅은 모란 향이 코를 간질였다.

"이 정도는 해줄 수 있잖아."

청란의 목소리에 진파랑은 담담한 얼굴로 고개를 끄덕였다.

진파랑의 뜨거운 심장 소리가 귓가에 들려오자 청란의 가슴도 크게 뛰기 시작했다. 이렇게 하고 싶은 마음을 몇 번이나 참았던 것일까? 그녀는 진파랑을 처음 보았을 때의 모습과 지금의 진파랑이 달라진 게 없다고 생각했다.

진파랑은 분명히 성장했고, 그의 무공은 누구도 넘볼 수 없을 만큼 강해졌지만 여전히 모용세가에서 만난 그때의 진파랑처럼 보였다. 악과 깡으로 자신의 나약함을 이겨가던 그 모습이 사라지지 않았다.

잠시의 시간이 찰나의 순간처럼 지나갔고, 청란은 곧 깊은 숨을 내쉬었다.

"휴, 조금 풀리네."

청란은 진파랑의 품에서 벗어나 탁자에 놓인 서찰을 들었다.

"오늘 안으로 문대영의 손에 이 서찰이 전해질 거야."

"고마워."

진파랑의 대답에 청란이 손을 저었다.

"내가 직접 전하지는 않을 거니까 고마워할 필요는 없어."

진파랑은 그녀의 새침한 대답에 미소를 던졌다. 청란이 다시 말했다.

"위험하다 싶으면 도망쳐야 해. 서문 쪽으로 도망치면 길이 있을 거야."

"그러지."

진파랑의 대답에 청란이 다시 말했다.

"아, 그리고 난 좀 이따가 다시 올 거니까 어디 가지 말고 기다리고 있어. 일단 천문성에 가려면 그 주변 외성 내에 숙박할 곳은 있어야 할 거 아니야? 이왕 부딪칠 거라면 배불리 먹고 최상의 몸 상태로 가야지? 안내할 테니까 기다려."

"좋아."

진파랑의 대답을 들은 청란이 소리 없이 사라졌다. 그녀의 모습이 한순간에 없어지자 진파랑은 여전하다는 듯 자리에 앉아 차를 마셨다. 문득 청란을 처음 만났을 때 그 남장한 모습이 떠올랐다.

"정룡이었지."

그때의 이름을 떠올렸다.

*　　　*　　　*

급한 발소리와 함께 신주주의 앞으로 한 명의 무사가 달려 들어 왔다.

"각주님을 뵙습니다."

"무슨 일이지?"

"이걸……."

신주주는 무사가 내미는 서찰을 보고 인상을 찌푸렸다.

"웬 거냐?"

"진파랑이란 자의 심부름으로 전해주는 것이라며 순찰당에서 넘어온 것입니다."

진파랑이란 말에 신주주의 표정이 굳어졌다. 안 그래도 그가 천문성의 백 리 인근에 있다는 소식을 듣고 사람을 풀어 수색 중이었기 때문이다.

서찰을 받은 신주주는 재빨리 내용을 살폈다.

　　―삼 일 뒤 사시, 천문성으로 가겠소.

짧은 서찰의 내용에 신주주의 미간에 깊은 주름이 잡혔다.

"결국……."

신주주는 진파랑이 결국 자기 발로 찾아온다는 것에 어금니를 깨물어야 했다. 그녀는 급하게 피풍의를 걸치고 총군의 방으로 향했다.

　　　　*　　　　*　　　　*

홀로 넓은 대식당에 앉아 식사를 하던 총군 문대영은 자색의 피풍의를 휘날리며 들어오는 신주주의 모습에 젓가락을 내려놓았다. 그녀가 식사 중에 이렇게 들어오는 것도 드문 일이기 때문이다. 어지간히 급하지 않으면 식사를 방해하는 일은 없었다.

"급한 일인가?"

문대영의 물음에 신주주는 그의 앞으로 서찰을 내밀며 말했다.

"진파랑이 보내온 거예요."

"홋!"

문대영은 절로 웃음을 흘리며 서찰을 받아 쥐었다.

"이제는 내게 서찰까지 전해줄 만큼 여유가 있는 놈이던가?"

"그건 모르죠."

이미 내용을 아는 신주주는 짧게 대답했다. 문대영은 빈 찻잔에 차를 따라 마신 뒤 천천히 서찰을 꺼내 펼쳐 읽었다. 그리 긴 내용이 아니기에 문대영은 금세 서찰을 접고 탁자를 검지로 두드렸다.

톡! 톡!

고민스러운 표정이고 미간을 살짝 찌푸린 그의 얼굴은

깊은 생각을 하는 듯 보였다. 그의 생각을 읽을 수는 없었다.

"장천사가 언제 온다고 했지?"

"아직 오 일 남았어요."

"잔치가 두 번이나 있군그래. 아버님이 썩 좋아하지는 않겠어."

문대영이 자리를 털고 일어나 안쪽으로 향하자 그 뒤로 신주주가 따라붙었다.

"어떻게 하실 생각인가요?"

"이렇게 건방지게 나온다면 그에 맞는 대접을 해줘야 하지 않을까? 일단 아버님과도 상의를 해야 할 문제인 것 같은데? 신 각주의 생각은 어때?"

"제 발로 들어온 사냥감이에요. 당연히 그 목을 쳐서 천문성의 위용을 만천하에 알려야지요."

신주주의 대답에 문대영이 고개를 끄덕이며 턱을 쓰다듬었다.

"종 각주의 양아들이란 이유로 신 각주가 그를 남모르게 도와준다고 생각했는데 그것도 아닌 모양이야? 그놈을 원수처럼 대하는 것을 보니 안심이군."

"그놈의 손에 죽은 본 성의 무사만 해도 헤아릴 수 없을 만큼 많아요. 그런데 그자를 어떻게 그냥 대할 수가 있겠어요?

죽여야지요. 죽여서 그자의 손에 죽어간 자들의 넋을 위로해
야지요."

"좋아. 그렇게 해야지. 내 아들이 죽었다는 것보다 내 친구
가 죽었다는 것이 더 슬퍼. 왜 그런지 모르지만 말이야."

문대영의 말에 신주주는 죽은 석청림을 떠올렸다. 석청림
과 문대영은 동갑의 친구였으며 어릴 때부터 함께 자란 사이
였다. 그런 그가 진파랑에게 패하고 돌아왔을 때 상당히 슬퍼
해 주고 위로해 준 것을 알고 있었다.

긴 회랑으로 접어든 문대영은 신주주와 어깨를 나란히 하
고 걸었다. 그의 아버지이자 이곳 천문성의 성주인 문홍립
의 거처로 가는 길이다. 신주주는 이 회랑을 걸을 때마다 긴
장하는 자신을 읽을 수가 있었다. 자주 가는 길이지만 천하
를 발아래에 둔 문홍립을 대하는 것은 여전히 어려운 일이
었다.

회랑의 끝에 다다른 문대영이 위사들에게 자신의 방문을
알리자 곧 안쪽에서 문이 열렸다. 문대영과 신주주는 안으로
들어서서 넓은 대전 끝에 앉아 있는 문홍립을 발견하고 다가
갔다.

"문대영입니다."

"신주주예요."

문대영과 신주주가 동시에 인사를 하자 문홍립이 고개를

끄덕였다. 그의 옆에는 윤청학이 서 있었는데 둘은 대화를 나
누다 둘의 방문에 잠시 멈춘 것처럼 보였다.

"무슨 일로 왔느냐?"

문홍립의 물음에 문대영이 서찰을 내밀자 문홍립이 손을
뻗어 공중에서 그 서찰을 잡아당겼다. 가벼운 종이였기에 서
찰은 손쉽게 문홍립의 손으로 전해졌고, 그는 그 서찰을 펼쳐
읽은 뒤 삼매진화로 태워 버렸다.

화르륵!

불길이 솟구쳤고, 문홍립의 표정이 굳었다. 윤청학은 슬쩍
시선을 돌려 서찰을 보았기에 어떤 내용인지 대충 감을 잡았
다.

"어떻게 할 생각이냐?"

문홍립이 문대영에게 물었다.

진파랑은 문홍립에게도 적이고 죽여야 할 대상이었다. 그
가 종영영의 양아들이고 아무리 자신의 손자가 잘못을 했다
하더라도 문가의 피를 죽인 인물이다. 그런 자를 천문성이 그
냥 둘 수는 없었다.

그의 죄는 단 하나였다. 자신의 손자를 죽였다는 것이다.
진파랑은 절대 문자경을 죽여서는 안 되었다.

"총력을 다해 죽이겠습니다."

문대영의 차가운 대답에 윤청학의 표정이 굳었다. 그는

진파랑에게 호의가 있었기 때문이다. 그러한 인재를 회유해서 천문성 사람으로 만든다면 더욱 많은 이득이 생길 것으로 보았기 때문이다. 그것은 성주인 문홍립이 선택할 수 있었다.

윤청학은 그가 자신의 손자를 죽인 인물을 용서하고 관용을 베푼다면 더없이 좋을 것이라 생각했다.

문홍립은 수염을 쓰다듬다 문대영에게 물었다.

"허면 총력을 다해 죽일 수 있겠느냐?"

"예, 물론입니다."

"그렇게 했는데 그자를 죽이지 못한다면 어찌하겠느냐?"

문홍립의 물음에 문대영의 표정이 차갑게 변했다.

"그런 일은 없을 것입니다."

자신을 여전히 시험하려 하는 문홍립의 질문에 문대영은 피가 끓어오르는 것을 느꼈다. 강호의 산전수전을 다 경험한 그였고, 천문성의 총군으로서 확고하게 자리를 잡아가고 있다. 그를 따르는 천문성의 무사만 절반을 넘을 것이다.

하지만 여전히 문홍립은 자신을 시험하고 믿지 못하는 것 같았다. 그것이 자존심을 상하게 했다.

"그자가 만약 네가 생각하는 것 이상으로 강한 무인이라 죽이지 못한다면 그때에는 어쩔 것이냐? 그때에 본 성은 분명 막대한 타격을 입을 것이고 전 강호에 웃음거리가 될 것

이다. 본 성의 명예가 땅에 떨어질 텐데 책임질 수 있겠느냐?'

문대영은 문홍립의 질문에 확고한 표정으로 대답했다.

"본 성이 언제부터 강호의 무인 한 명을 겁내왔습니까? 그것도 제 아들을 죽인 놈입니다. 언제부터 본 성이 원수를 두려워했습니까? 저는 두렵지 않습니다. 명예보다 중요한 것은 제 소중한 가족이며, 그 가족은 하급 무사들까지도 포함됩니다. 저는 제 가족을 죽인 그놈을 용서하지 않을 것입니다."

문대영의 날카로운 목소리에 문홍립은 고개를 끄덕였다. 저렇게 뜻이 확고하다면 크게 걱정할 것이 없어 보였기 때문이다. 그는 시선을 돌려 신주주에게 물었다.

"신 각주는 어찌 생각하느냐?"

"총군의 말처럼 진파랑은 본 성의 많은 사람을 죽인 인물입니다. 그자가 제 발로 온다고 하니 성대하게 맞이하여 그 목을 베고 만 천하에 본 성의 힘을 알려야 한다고 생각합니다. 본 성에 맞선 자의 최후는 늘 똑같다는 것을 보여주어야지요. 그래야 강호가 저희들을 두려워할 것이며 진파랑 같은 인물이 두 번 다시 나타나지 않을 것입니다."

신주주의 대답에 문홍립이 고개를 끄덕였다.

"종 각주의 죽음이 아쉽구나, 아쉬워."

문홍립은 가만히 중얼거렸고, 문대영과 신주주의 표정이 굳어졌다. 그녀만큼 강호의 정세를 잘 파악하고 정답을 제시하는 인물이 없었기 때문이다.

"그 진파랑이란 젊은이도 아쉽고 말이야."

강자는 강자를 좋아하게 마련이다. 문홍립은 진파랑의 무위를 윤청학에게 들었기 때문에 그의 존재감에 대해 깊이 생각하고 있었다.

"아버님."

문대영이 성주라는 호칭을 접고 아버지라는 말을 꺼내자 문홍립이 짧은 숨을 내쉬었다. 그의 마음을 모르는 것이 아니기 때문이다. 문대영은 지금 자신의 의지를 관철시키기 위해 서 있었고, 문홍립은 고민해야 했다. 하지만 그 고민은 오래 가지 않았다. 그러다 문득 물었다.

"장천사가 언제 온다고 했지?"

"오 일 후입니다."

"연거푸 두 번의 잔치가 있겠구나. 그래, 좋다. 네 뜻대로 하거라."

문홍립의 말에 문대영은 강한 눈빛을 보이며 허리를 숙였다.

"감사합니다."

할 말을 다 했기 때문에 문대영과 신주주는 신형을 돌려 대전을 나갔고, 조용해진 대전 안에서 윤청학의 목소리가 울렸다.

"부모의 정을 버려야 할 터인데……."

"흠……."

문홍립은 윤청학의 말을 이해했기에 고개를 끄덕였다. 천문성의 성주는 자식이 죽었다고 해서 절대 흔들리면 안 되는 자리였다. 천문성 전체의 이득을 생각하고 움직여야 할 자리였으며, 그래야 강남의 패자로 군림할 수 있었다.

문홍립이 다시 말했다.

"자네의 말처럼 진파랑의 무공이 사세에 근접했다면 대영이는 분명 힘든 싸움을 하게 될 것이네. 자네의 생각은 어떠한가?"

"어려운 싸움이 되겠지."

"그렇군. 그렇단 말이지."

문홍립이 수염을 쓰다듬으며 흥미 있다는 눈빛을 던졌다. 윤청학의 말은 진파랑이 자신이 나서야 할 정도의 젊은 후지기수라는 뜻이다.

"장천사를 맞이해야 하는 상황인데 불청객이 끼어든 꼴이로군."

문홍립의 중얼거림이 대전에 조용히 퍼졌다.

천문성으로 들어오는 거대한 사두마차가 연무장에 다다르자 멈춰 섰다. 마부석에서 내린 장산이 마차의 문을 열자 그곳에서 홍수려가 모습을 보였다. 그 뒤로 또 다른 마차가 들어왔고, 문주영이 내려섰다. 오랜만에 천문성에 들어온 그들은 잠시 서서 천문성의 위용을 눈에 담았다. 수많은 고루거각이 즐비한 천문성은 여전히 대단해 보이고 거대하게 느껴졌다.

"내일 온다는 게 사실이에요?"

아직도 믿지 못하겠다는 듯 홍수려가 장산에게 묻자 장산이 고개를 끄덕였다. 벌써 몇 번째 같은 질문은 하는 홍수려였다. 이제는 대답하기도 귀찮았다.

진파랑을 비롯해 장천사까지 천문성으로 온다고 하니 강호의 이목이 집중되고 있었으며, 천문성은 현재 긴장된 공기가 흐르고 있었다.

"갑시다."

문주영이 다가와 말하자 홍수려는 곧 그와 함께 대전으로 향했다.

대전 안에는 총군인 문대영을 비롯해 서른 명에 가까운 많은 인물이 있었다. 태사의에 앉은 문대영을 중심으로 늘어선 그들은 모두 천문성의 간부들이었고, 내일 찾아올 진파랑을 어떻게 처리할지 의논하는 것 같았다.

문주영과 홍수려가 들어오자 사람들이 좌우로 갈라섰고, 둘은 문대영에게 인사했다.

"문주영, 지금 도착했습니다."

"돌아왔습니다."

문주영과 홍수려의 대답에 문대영이 미소로 반겼다.

"오느라고 고생이 많았다. 현재의 상황은 어떠하냐?"

문대영의 물음에 문주영이 주저 없이 빠르게 대답했다.

"현재 그들은 광주에서 터를 잡고 있으며 아직 아무런 움직임이 없습니다. 새로운 독선당을 준비 중이며 공사를 하고 있는 것으로 알고 있습니다. 광주를 손에 쥐겠다는 의지로 보입니다."

"그랬구나."

문대영이 고개를 끄덕이다 다시 물었다.

"그런데 그들이 그렇게 움직이는 것을 그냥 지켜만 본 것이냐? 광주를 공격하지 않은 이유는 무엇이냐?"

"독선문주인 조자경이 나타났기 때문입니다."

문주영의 대답에 문대영을 비롯한 많은 대전의 사람들이 굳은 표정을 보였다. 조자경이 직접 광주에 나타났다면 굳이 공격할 필요가 없기 때문이다.

"잘했다."

문대영의 대답을 들은 두 사람은 우측으로 이동해서 사람들 사이에 섰다. 문대영이 좌중을 둘러보며 말했다.

"아까도 말했지만 중요한 것은 진파랑이 아니라 장천사라는 것을 알아야 할 것이오. 장천사가 나타났다면 절대 나서지 말고 지켜봐야만 할 것이오."

"예."

낮은 대답 소리가 울렸고, 홍수려는 살짝 아미를 찌푸렸다. 자신에게 중요한 것은 진파랑이기 때문이다.

'진 가가……'

홍수려는 그가 나타나지 않기를 바라고 있었다.

　　　　*　　　*　　　*

이른 아침 천문성의 정문이 바로 보이는 객잔의 삼 층에 창문 하나가 열려 있다. 그곳에는 한 명의 청년이 서 있었는데 검은 흑의를 입고 있으며 천문성의 정문을 지그시 쳐다보고 있었다.

곧 그는 신형을 돌려 창문을 닫았다. 문이 열리고 방 안으로 청란이 들어왔다. 그녀는 긴장한 표정으로 백옥도를 들고서 있는 진파랑을 걱정스럽게 쳐다보았다.

"정말 가는 거야?"

진파랑은 가볍게 미소를 보였다.

"갈게."

짧게 한마디 툭 던진 진파랑은 청란을 가로질러 방문을 나섰다. 청란은 멍하니 빈 방 안을 쳐다보다 지그시 눈을 감았다.

第五章
바늘 위에 서다

이른 아침, 잠을 자던 임정의 침실로 들어온 예소는 그녀를 흔들어 깨웠다.

"언니, 스승님께서 찾으세요."

임정은 부스스 머리를 긁적이며 일어났다. 그러자 아무것도 안 입은 상체가 드러났고, 예소가 안색을 바꿨다.

"언니! 옷 어딨어요?"

"아직 해도 안 떴는데 왜 찾고 지랄이야!"

임정은 투덜거리며 옷을 찾는 예소를 쳐다보았다. 그녀는 말끔한 흰 치마를 걸치고 있었으며 단정해 보이는 모습이었다.

"새벽까지 책 읽느라 너무 졸리니까 깨우지 말고 낮에 다시 와. 중천에 해가 뜨면 다시 와라. 알았지?"

임정은 다시 이불을 덮고 누웠다. 그러자 예소가 화난 표정으로 이불을 걷어 올렸다. 그러자 실오라기 하나 안 입은 까무잡잡한 임정의 나체가 나타났다. 하지만 임정은 부끄러움이 없는 듯 대자로 누웠는데 일어나지 않을 생각으로 보였다.

예소는 임정의 머리맡에 놓인 책 두 권을 발견했다.

"색정남녀(色情男女) 칠 부."

너무 인기가 많아 칠 부까지 나온 색정남녀였다. 자신도 잠깐 보다가 얼굴을 붉히고 안 보던 소설을 임정은 언제 구했는지 읽은 듯했다.

'저러니 잠을 못 잤지. 쯧쯧!'

예소는 혀를 차며 안타까운 표정으로 임정의 어깨를 잡고 흔들었다.

"일어나세요. 스승님이 할 말 있다고 했단 말이에요. 급한 일인 것 같아요."

"아아악!"

임정은 예소의 성화에 버럭 소리를 치며 반쯤 감긴 눈으로 일어나 투덜거리며 옷을 꺼내 입었다. 탄탄한 근육질과는 대조적으로 탄력적인 피부와 큰 가슴을 드러내는 임정의 나신에 예소는 혀를 내둘렀다. 부러웠던 것이다.

임정은 광주를 마음에 들어 했다. 다른 이유가 아니라 광주가 천하에서도 손에 꼽는 대도시였기 때문이다. 그만큼 인구가 많기 때문에 신간을 구하는 것도 쉬웠다. 거기다 자신을 위해 하오문의 양초도 광주 분타의 부분타주로 온 상태였다.

"이 망할 아저씨는 왜 나타나 난리야!"

임정의 투덜거림을 들으며 예소는 빗을 들고 와 그녀의 부스스한 머리를 빗겼다. 빗질을 하는 예소의 손은 매우 빨랐으며 한두 번 해본 솜씨가 아닌 듯 손놀림이 능숙했다.

"가자."

대충 옷을 걸친 임정이 말하며 밖으로 나가자 그 뒤를 예소가 따랐다.

"마애는?"

"새벽에 순찰 나갔어요. 해남파의 배가 들어온다고 나간 것 같아요."

"천문성은?"

"아직 아무런 움직임이 없어요."

"이대로 한동안 쭈욱 계속 갔으면 좋겠는데……."

임정은 솔직한 심정으로 중얼거리며 조자경이 있는 본당으로 향했다.

본당의 상석에는 조자경이 홀로 앉아 차를 마시고 있었는

데 옆에는 막내 제자인 소위가 서 있었다. 조자경의 표정이
그리 밝지 않아 보였다.

임정이 안으로 들어와 그의 좌측 자리에 앉았고, 예소가 우
측에 앉았다.

"아침부터 무슨 일이에요?"

임정은 늦게까지 잠을 못 잤기 때문에 크게 하품을 했다.

"또 늦게까지 책을 읽은 모양이구나?"

"네."

임정은 짧게 대답했다. 조자경이 말했다.

"강호에 일이 있어 나가야 할 것 같다."

"예? 언제는 안 나가 있었나요? 소요궁에 다녀오신다고 나
가더니 한동안 연락도 없으셨잖아요?"

"서운했던 모양이구나?"

조자경의 물음에 임정이 손을 저었다.

"그게 아니라 제가 바빠서 그래요. 귀찮은 일도 많아지
고."

임정의 대답에 조자경이 살며시 미소를 보였다. 말은 저렇
게 해도 걱정했다는 것을 알기 때문이다.

"그런데 무슨 바람이 불어서 지금 시국에 강호에 나간다는
건가요? 스승님께서 나가실 만큼 중요한 일이 있나요?"

"좋은 소식은 기다리던 사람이 나타났다는 것이고, 나쁜

소식은 그 사람을 만나기가 쉽지 않다는 점이다."

"무슨 말이에요?"

임정이 이해를 못 한다는 표정으로 묻자 조자경이 굳은 표
정을 보였다. 임정이 다시 물었다.

"좋은 소식부터 말해봐요."

"장천사를 알 것이다."

조자경의 말에 모두의 표정이 굳었다. 그 이름을 모를 리
없기 때문이다. 이번에는 예소가 궁금한 얼굴로 입을 열었다.

"그자와 본 문과 어떤 관계가 있다는 건가요? 일기는 강호
상에 거의 모습을 드러내지 않았어요. 그런 그자가 갑자기 나
타났다는 것은 무언가 일이 있다는 것인데… 일기와 연루되
어 좋을 게 없다고 생각해요."

예소의 말에 조자경이 고개를 끄덕이며 말했다.

"네 말도 맞다. 연루되어 좋을 게 없지. 하나 본 문과 아무
런 관계가 없다는 것은 아니다. 그자는 나와 깊은 연관이 있
는 인물이다."

조자경의 표정이 굳어 있자 아무도 입을 열지 않았다. 그의
미간에 주름이 그려졌기 때문이다. 거기다 눈썹까지 움직이
는 것을 보면 분명 좋은 일로 엮여 있는 것 같지는 않았다. 조
자경이 평소 저런 모습을 거의 보인 적이 없기 때문에 모두들
긴장한 것이다.

"그자의 머리는 매우 비상하여 한 번 본 무공은 거의 모두 외우는 인물이다. 그자의 집에는 강호에 존재하는 수많은 무공이 사본 형태로 보관되어 있다고 알려져 있지. 절대무공이라 불리는 무공들을 견식하고 싸우면서 외운 것을 집에서 사본으로 만들었다고 한다."

"헉!"

"뭐라고요? 정말이에요?"

임정과 예소가 모두 놀란 듯 토끼 눈을 하였다. 예소가 다시 말했다.

"그게 사실이라면 강호에 엄청난 파장이 일어날 텐데… 소문이 안 난 게 이상하군요."

"아는 사람만 알고 있는 사실이지. 그자의 입에서 직접 들은 말이니까 말이야."

조자경은 더욱 깊은 주름을 그렸다. 예소가 조심스럽게 물었다.

"혹시… 본 문의 무공도 가져갔다는 건가요?"

"확인해 봐야지."

조자경은 고개를 끄덕였고, 예소는 그럴 줄 알았다는 듯 짧은 숨을 내쉬었다.

"이번 강호행에는 예소하고 함께 간다. 준비해. 정이는 내가 없는 빈자리를 채우도록 해라."

"그럴게요."

임정은 강호에 나가는 것보다 이곳에서 신간을 읽으며 시간을 보내는 것이 더 좋았기에 얼른 대답했다.

"장천사……."

조자경은 미소를 던지며 장천사의 모습을 떠올렸다. 그는 장천사와 다시 만난다는 것에 가볍게 흥분이 이는 동시에 개인적인 원한 역시 해결을 할 수 있다는 것에 기분이 좋아졌다.

*   *   *

이른 아침부터 천문성의 거대한 정문 주변으로 수많은 군중이 모여 있었다. 그들은 천문성으로 들어가는 많은 강호의 유명 인사들을 구경하기 위해 모여든 사람들이었고, 요즘 들어 매일같이 강호의 유명인들이 천문성으로 들어오고 있었다.

특히나 오늘 아침은 다른 날에 비해 더욱 많은 사람들로 인산인해를 이루고 있었다.

"진파랑이 온다면서?"

"천문성에 도전장을 보냈다고 하더군."

사람들은 저마다 진파랑을 거론하며 떠들고 있었다. 진파랑이 온다는 소식이 천문성 주변으로 퍼진 이후 이렇게 모여든 것이다. 사람들의 머리에 진파랑은 강한 호기심의 대상이었다.

진파랑과 천문성의 관계를 모르는 사람이 없었고, 천문성과 이토록 오랫동안 싸우면서 명성을 쌓은 인물은 지금까지 진파랑을 제외하고는 아무도 없었기 때문이다.

끼익!

천문성의 굳게 닫힌 문이 반쯤 열렸다. 그 안에서 백여 명이 넘는 무인이 우르르 나타나 정문 앞에 모여든 사람들을 뒤로 물러서게 했다. 순찰당의 무사들이었고, 그들의 기세에 사람들은 십여 장이나 물러섰다. 순찰당의 무사들은 성문 앞으로 반원을 그리며 빙 둘러싸 큰 공터를 만들었다. 언제 진파랑이 올지 모르기 때문이다.

다시 성문에서 오십여 명의 순찰당 무사들이 모습을 보였다. 그들은 성문을 지키려는 듯 도열했고, 곧 성문이 굳게 닫혔다.

그 앞에 순찰당의 당주인 호산쾌도(呼山快刀) 하강로가 나타났다. 그가 나타나자 사람들의 웅성거림이 일순 사라지는 것 같았다. 그는 차가운 눈빛으로 강한 기도를 내뿜으며 기세 좋게 서 있었다.

정문으로 모여든 수많은 군중 사이에 있는 진파랑을 찾기

위해서였다. 그가 진파랑의 얼굴을 아는 것은 아니지만 분명
히 군중 속에 그가 있을 거라 생각했다. 스윽 고개를 돌려 좌
측을 보던 하강로의 눈이 다시 우측으로 향하는 순간 일 장
앞에 서 있는 청년이 보였다.

"……?"

하강로는 그가 언제 어떻게 나타났는지 눈으로 볼 수가 없
었다. 상대방은 유령처럼 하강로의 눈앞에 나타났고, 그가 나
타난 것을 확인한 사람들은 모두들 놀란 표정을 보였다.

정문 앞을 가득 메운 수많은 군중도 지금 나타난 청년이 어
떻게 모습을 보였는지 못 봤기 때문이다.

하강로를 비롯한 순찰당의 무사들이 놀란 정신을 차릴 때
청년이 입을 열었다.

"진파랑이오."

나타난 사람은 진파랑이었고, 그의 한마디에 사방이 술렁
거렸다.

"진파랑이다."

"진짜 진파랑인가 봐."

"정말 왔어."

"대단한 용기로군."

여기저기서 술렁이는 목소리가 진파랑의 뒤에서 등을 찌
르고 있다. 순찰당주인 하강로는 진파랑이 눈앞에 서 있는 것

을 직시하고 입을 열었다.

"자네가 진파랑인지 아닌지 우리가 어떻게 알겠나? 증명할 수 있겠나?"

스릉! 스릉!

하강로의 말이 끝나는 순간 마치 기다렸다는 듯 순찰당의 무사들이 일제히 무기를 꺼내 들었다. 그들이 만들어낸 금속음에 사람들은 더욱 뒤로 물러섰다.

진파랑은 살짝 미간을 찌푸렸다. 자신을 증명하라는 말 때문이다. 문득 하강로가 자신을 도발하는 것처럼 느껴졌다.

하강로의 언행은 도발하려는 목적보다 사칭하는 자들이 혹시 있을지 몰라 알아보기 위함이었다. 돌다리도 두드려 보고 건너려는 의도였다. 하지만 받아들이는 사람은 도발로 보였고, 진파랑은 당연히 자신을 알려야 했다.

하강로의 얼굴로 강풍이 불었다.

쉬아아악!

그의 전신을 스치는 강풍은 옷자락을 휘날리게 만들었고, 피풍의가 찢어질 듯 펄럭였다. 진파랑은 여전히 같은 모습이었으며 미동도 안 한 채 서 있을 뿐이었다.

문득 기이함이 느껴졌다. 자신을 쳐다보는 수많은 군중들의 눈동자가 커졌기 때문이다. 고개를 돌린 하강로의 눈에 피에 젖은 수하들의 모습이 잡혔고, 아직도 휘날리는 안개 같은 피바람이 보였다.

"헉!"

"혈풍이다."

털썩! 털썩!

십여 명의 수하들이 눈을 뒤집은 채 피에 젖은 모습으로 바닥에 쓰러졌다. 그제야 정신을 차린 하강로는 고개를 돌려 진파랑을 쳐다보았다.

진파랑은 여전히 같은 자세로 마치 석상이라도 된 듯 미동도 없었다. 하지만 분명 그는 출수를 해 자신의 수하들을 죽인 것이다.

진파랑의 입에서 무미건조한 음색이 흘러나왔다.

"되었소?"

그의 눈빛은 아까와 달리 차가웠고 냉정해 보였다. 그게 더욱 하강로를 긴장하게 만들었다.

주룩!

양 귓불이 갈라지고 핏방울이 흘러내렸다. 등줄기가 축축이 젖었으며 자신도 죽을지 모른다는 위협이 느껴졌다.

무엇보다 놀란 것은 자신의 바로 뒤에 서 있던 십여 명의 수하들이 죽었다는 점이다. 그의 손이 자신을 넘어 수하들만 죽인 것이다. 산을 격해 소를 베는 도기라고 해야 할까? 하강로의 머리에 오만가지 생각이 스치고 지나갔다.

"되었소?"

진파랑은 다시 물었고, 하강로는 침을 삼키며 길을 열었다. 그러자 그의 뒤에 서 있던 수하들도 일제히 기다렸다는 듯 길을 열었다. 진파랑은 천천히 천문성의 정문으로 향했다.

안으로 들어온 진파랑의 눈에 거대한 연무장이 들어왔다. 삼십 장 너머로 보이는 거대한 대전의 웅장한 모습은 예전하고 달라진 게 없어 보였다.

쿵!

육중한 소리와 함께 거대한 천문성의 정문이 닫히고 그 뒤로 순찰당의 무사들이 배후를 막고 늘어섰다. 그 가운데 하강로가 있었다. 그는 분노한 표정이었지만 감히 입을 열지 못했다.

천문성의 성벽 위로 거대한 붉은 기가 휘날렸고, 그것을 시작으로 사방에서 움직이는 발소리와 수많은 무사들이 진파랑의 눈에 들어왔다.

우르르!

그들은 삼면을 점하고 이십 장의 거리를 유지한 채 도열하고 있었다. 그 수가 족히 천 명이 넘어 보였다. 거기다 좌우로 보이는 높은 담장 위에 도열한 궁수들도 보였다. 뒤의 성벽 위에는 적색 무복을 걸친 무사들도 모습을 보였다. 그들은 다

른 무사들과 달리 태양혈이 불룩했고 강한 기도를 내뿜고 있
었다.

그 외에 대전 앞에도 이백여 명의 흑색 무복에 적색 피풍의
를 걸친 무인들이 도열해 있다. 호법원 호위대의 무사들이었
다.

진파랑은 이천이 넘는 무사들에게 포위당한 채 그들의 살
기를 맨몸으로 받고 있었다. 하지만 진파랑의 표정은 변화가
없었다. 그들의 압박에도 긴장한 표정이 아니었으며 담담한
얼굴로 대전을 쳐다보고 있었다.

둥! 둥! 둥!

거대한 북소리가 울렸고, 대전 입구에서 이십여 명의 남녀
가 모습을 보였다. 그들의 중앙에는 문대영이 있고, 좌우로
신주주와 문가혁이 있다. 그 외에 천문성의 중요 인사가 모두
모여 있는 듯했다.

가장 후미에 있는 홍수려는 차마 모습을 보이지 못한 채 사
람들 뒤에서 흐릿하게 보이는 진파랑의 모습을 눈에 담고 있
었다.

"후……."

진파랑은 대전 앞으로 모습을 나타낸 수많은 천문성의 간
부들을 보고 깊은 숨을 길게 내쉬었다. 그중에는 아는 얼굴도
몇몇 있었기 때문이다. 세월이 흐르고 시간이 지났음에도 여

전히 같은 자리에 앉아 있는 사람들도 있었다.

신주주가 그랬고 문가혁이 그랬다. 문대영 역시 십여.년 전부터 총군의 자리에서 바뀌지 않았다.

시선을 돌리자 문주영이 보였다. 그는 좌측 끝에 있었는데 굳은 표정으로 적대감을 드러내는 눈빛을 하고 있었다.

문대영의 뒤로 십여 명의 무사가 의자를 가져와 놓자 그중 가장 중앙의 자리에 문대영이 앉았다. 그는 검을 무릎 위에 올려놓은 뒤 만감이 교차되는 표정으로 진파랑을 노려보고 있었다.

문대영이 입을 열지 않았기에 진파랑 역시 침묵했다. 먼저 침묵을 깨고 입을 연 것은 문대영이었다.

"자네가 진파랑인가?"

그의 목소리는 진중했고 깊이가 느껴졌다. 꽤 길게 늘어나는 듯한 목소리가 거대한 연무장을 가득 메웠고, 마치 물결이 낮게 발목까지 밀려오는 것 같았다. 진파랑은 문대영의 내공이 상상 이상이란 것을 느꼈다.

진파랑은 과거에 문대영을 한번 본 적이 있는데 그때는 하급 무사일 때였다. 그 당시의 문대영도 강한 패기와 통솔력을 보였다. 진파랑은 그가 자신과는 전혀 다른 세상의 사람이며 일반 무사들과 달라도 너무 다르다고 생각했다.

사람은 태어날 때부터 그 자리에 어울리는 사람이 있다고 생각했다. 문대영은 마치 태어날 때부터 수많은 사람들을 이끌고 나가는 제왕처럼 보였다.

그런데 왜 지금은 그때의 그런 감정이 들지 않는 것일까? 그때는 존경심이 일어나고, 따르고 싶고, 시키면 해야 할 것 같은 복종심이 들었건만 지금은 그저 한 명의 사람으로 보였다.

왜 그런 것일까? 지금의 문대영도 충분히 만인을 압도할 만큼 강한 빛과 강렬한 기세를 지녔는데도 두렵지가 않았다.

'내가 나이를 먹은 것일까, 아니면 내가 달라진 것일까?'

진파랑은 문대영의 목소리를 들었음에도 고개를 천천히 돌려 주변을 살펴보았다. 좌측부터 천천히 고개를 돌리는 진파랑의 눈에 긴장한 눈빛의 무사들이 보였고, 금방이라도 달려들 것 같은 사나운 기세가 보였다. 그런 그들의 눈에는 공통적으로 한 가지가 보였다. 그것은 살이 떨리는 두려움이었다.

그 모습을 읽게 되자 진파랑은 긴장한 마음을 내려놓을 수 있었다. 그들의 모습은 과거 자신의 모습이었기 때문이다.

진파랑은 고개를 들어 문대영을 바라보았다.

"여기까지 오는 데 참 오랜 시간이 걸렸소이다."

진파랑은 말과 함께 자신의 백옥도를 꺼내 발 앞에 꽂았다. 스윽! 하며 백옥도의 도신이 청석 바닥에 마치 두부에 젓가락을 꽂아 넣는 것처럼 들어갔다.

진파랑이 청석 바닥에 너무도 쉽게 백옥도를 꽂아 넣는 모습에 천문성의 간부들이나 문대영은 상당히 놀라고 있었다. 절대 쉬운 공부가 아니었기 때문이다. 그것이 얼마나 어려운 일인지는 그들이 가장 잘 알고 있었다. 그들은 그만큼 진파랑의 내공이 상당하다는 것을 느꼈다.

진파랑은 단 한 수로 자신의 실력을 증명한 것이다.

'주의하라더니… 그럴 만하군.'

문대영은 아버지인 문홍립의 말을 떠올렸다. 진파랑의 목소리가 다시 들렸다.

"내 발로 이렇게 천문성을 찾아온 이유는 천문성이 내게 원한도 주었지만 은혜 또한 주었기 때문이오. 그리고 이제 그 원한의 끝을 보고자 함이오."

진파랑은 당당했고 전혀 위축되는 모습을 보이지 않았다. 그의 기도는 미미했지만 서 있는 것만으로도 충분히 위압감을 주고 있었다.

문대영은 물끄러미 진파랑을 쳐다보다 곧 대소를 터뜨렸다.

"하하하하하!"

그의 거대한 웃음소리가 울렸고, 모두의 시선이 문대영을 향했다. 이런 상황에서 그가 웃는 게 잘 이해가 안 되는 표정들이다. 하지만 문대영은 한참 동안 웃더니 이내 진파랑을 향해 말했다.

"원한 말인가? 네 손에 죽은 본 성의 사람만 해도 그 수는 백을 넘을 것이다. 원한을 갚겠다고 했나? 우리가 원하는 것은 단 하나뿐, 네 수급이다."

진파랑은 문대영의 말을 듣고도 크게 변화 없는 표정을 보였다. 여전히 담담했고, 문대영의 말을 마치 예상이라도 한 사람처럼 보였다.

"네 목을 준다면 모든 것이 다 해결될 것이다."

문대영의 목소리는 담담했지만 강한 살기가 담겨 있었다. 진파랑은 그의 뜻이 확고하다는 것을 알았다. 그렇다면 대답은 하나였다.

"그렇다면 힘으로 합시다. 내 목을 원한다면 뺏어 가시오. 하나 쉽지 않을 것이오."

문대영도 진파랑의 대답을 예상하고 있는 듯 보였다. 자신의 목숨을 쉽게 내놓을 사람은 없기 때문이다. 그렇다고 그에게는 식구가 있는 것도 아니었다. 식구라도 있었으면 그것을 약점으로 해서 공략했을지도 모른다.

그는 천애고아로 천문성에서 자란 인물이다. 고아였기 때문에 천문성에서 자랄 수가 있었다. 그리고 식구를 만들기 전에 나갔다. 그렇다고 그가 사랑하는 사람이 천문성에 있는 것도 아니었다.

마지막 끈이 있었다면 그건 종영영이었을 테지만, 아쉽게도 그녀는 죽었고 그 죽음 때문에 지금의 모든 것이 이렇게 일어난 것이다.

아직까지 홍수려가 직접적인 원인 제공자라는 것을 문대영은 모르고 있었다.

"그래도 혼자 당당히 찾아올 줄은 몰랐다. 흑랑대였던가? 네놈을 따르는 무리가 있는 것으로 아는데 그들하고 함께 오지 그랬나?"

문대영은 흑랑대의 존재까지도 알고 있었다. 물론 진파랑도 문대영이 모를 리 없다고 생각했다. 그렇기 때문에 흑랑대를 일부러 운중세가로 보낸 것이다. 진파랑은 그들이 실제 운중세가의 식솔이 되기를 바라고 있었다.

자신 밑에 있는 것보다 운강과 함께하는 것이 그들에게는 더욱 큰 이득이 될 것이라 판단했다. 운중세가 역시 천문성과 원한이 깊기 때문이다. 그 원한의 깊이는 자신과 비교가 되지 않았다.

흑랑대는 운중세가에서 잘해줄 것이라 믿었다.

"별걸 다 알고 있소. 혼자 온 이유는 나로 인해 쓸데없는 사람들이 죽지 않기를 바라고 있기 때문이오."

"천문성의 무사는 죽음을 두려워하지 않는다."

문대영의 목소리가 크게 울렸다. 진파랑은 자신 역시도 한때 천문성의 무사였기에 문대영의 말을 부정하지 않았다. 과거의 자신은 천문성을 위해서라면 목숨을 걸고 싸울 수 있었다.

　문대영의 목소리가 크게 울렸다.

　"천문성의 무사들이여, 죽음을 두려워하지 말라! 너희가 본 성을 위해 죽는다면 부인과 자식을 우리가 살필 것이고, 부인과 자식이 없다면 너희의 부모와 형제들을 살필 것이다! 본 성은 절대 식구들을 버리지 않는다!"

　그의 목소리에는 호소력이 있었고, 천문성의 처우가 좋다는 것은 강호의 사람이라면 누구나 아는 사실이었다. 그러니 사람이 모일 수밖에 없었다.

　사람이 모이면 당연한 것이지만 힘이 커질 수밖에 없었고, 그만큼 천문성의 위세는 강호에 넘치고 있었다.

　"와아아아!"

　거대한 함성 소리가 울렸다. 그 소리는 천지를 집어삼킬 듯 컸으며, 그 사이에 서 있는 진파랑의 전신을 녹여 버릴 것 같았다. 그의 존재감마저 사라지게 만드는 거대한 함성 소리였다.

　"자, 어떻게 하겠느냐? 본 성의 사람들은 그 누구도 죽음을 두려워하지 않는다. 그런데도 목을 내놓지 못하겠다는 것이냐?"

문대영의 질문은 사나웠고 기세를 이어받아 강한 힘이 있었다. 진파랑은 자신을 찍어 누르려는 그의 기세를 느끼고 있었다. 이것은 문대영 혼자의 것이 아니라 이곳에 있는 수많은 사람들의 힘이었다.

진파랑은 여전히 같은 모습으로 변화 없는 표정이었다.

"내 목은 비쌀 것이오."

진파랑의 담담한 한마디가 지금까지 압박하던 천문성의 힘을 밀어내었다.

"좋다."

문대영은 그 기백을 인정한다는 듯 고개를 끄덕이며 일어섰다. 그가 진파랑을 향해 다시 말했다.

"네놈이 혼자 왔으니 혼자 찾아온 사람을 다수가 핍박했다는 소리는 듣고 싶지 않구나. 이는 본 성의 명성에 누가 될 일이니 한 가지 제안을 하겠다."

"무엇이오?"

"내일 아침까지 네놈이 이곳에서 살아 있다면 지금까지의 모든 원한을 잊기로 하마. 본 성은 더 이상 네놈에게 원한을 묻지 않을 것이다."

문대영의 말에 진파랑은 주저 없이 고개를 끄덕였다. 그의 제안을 거절할 이유도 명분도 없었으며 그의 말을 따라야 이 원한이 해결되기 때문이다.

"좋소."

진파랑은 짧게 대답했다.

* * *

문대영의 제안은 내일 아침까지 무슨 일이 있어도 진파랑을 죽이겠다는 확고한 의지가 있는 제안이었다. 거기다 자신도 있다는 뜻이다. 자신이 없다면 저런 제안을 할 이유가 없었다.

더욱이 진파랑은 홀로 천문성에 찾아온 인물이다. 자신이 없다면 저렇게 혼자 오지도 않았을 것이며 혼자 왔기 때문에 상대하기 난감했다. 그것 때문에 회의를 한 것이다. 강호의 사람들은 혼자 찾아온 진파랑에게 더욱 많은 관심을 보일 것이다.

그는 혼자서 거대한 천문성을 상대하고 있다. 그런 무인이 현 강호에 있었던가? 앞으로도 없을지 모른다. 이는 세인들의 관심이 클 수밖에 없는 중대한 사건이었다.

크게 본다면 진파랑의 행동에 어떻게 대응하느냐에 따라 천문성의 명성과 미래가 갈라질 수도 있었다. 홀로 온 그를 천문성이 숫자로 찍어 누른다면 세인들의 비난을 피할 수 없을 것이었다. 그렇다고 진파랑을 그냥 살려서 돌려보낼 수도 없었다.

만약 그렇게 된다면 천문성은 단 한 명의 무인도 상대하지 못한다고 알려질 게 분명했다.

천문성 입장에서는 둘 다 마음에 들지 않았다. 진파랑이 혼자 찾아온 것은 어쩌면 그것을 노린 한 수일 수도 있었고, 빠져나갈 길이 없는 막다른 길에서 나온 책략일 수도 있었다.

누가 혼자서 천문성에 찾아갈 것을 상상이나 했을까? 아무도 하지 못했을 것이고 그 정도로 대담한 무인은 존재하지 않을 것이다. 그런데 진파랑은 그렇게 한 것이다.

진파랑이 물었다.

"그 약속은 믿을 수 있는 것이오?"

문대영이 미소를 던졌다.

"이 많은 사람들 앞에서 한 말이다. 당연히 지킬 것이다."

진파랑이 다시 말했다.

"성주의 약속도 필요하오."

"이 일의 모든 책임은 내게 있으며 성주께서도 내게 모든 것을 일임하셨다. 그러니 내 말이 곧 성주님의 말이다. 내일 사시까지 버틴다면 네놈을 조용히 보내주도록 하마."

문대영은 그렇게 말한 뒤 검을 치켜 올리며 다시 말했다.

"하늘에 맹세하마."

문대영의 말에 진파랑도 고개를 들어 청명한 하늘을 올려다보았다.

"내일 사시까지 나는 이곳에 서 있을 것이오."

진파랑의 목소리가 울리자 천문성의 무사들이 강한 살기를 내뿜기 시작했다. 문대영이 말했다.

"도망갈 생각은 하지 말거라."

"도망갈 것이라면 이곳에 오지도 않았소."

진파랑의 대답에 문대영은 고개를 끄덕이며 다시 자리에 앉았다. 곧 그가 손을 들어 보이자 붉은 기가 휘날렸고, 오십여 명의 흑의 무인이 진파랑의 앞에 나타났다. 그들은 사방을 포위하며 원형을 그리고 이 열을 이루고 있었다. 앞 열이 이십 명이고 뒤 열이 서른 명이다. 앞과 뒤의 간격은 일 장 정도의 거리를 유지했다.

'금강회류진(金剛回流陣).'

진파랑은 그들의 모습을 보며 천문성의 한 진법을 떠올렸다. 그것은 다수가 소수를 상대하는 진법이었는데 지금까지 수많은 실전에서 활용되어 왔다.

스슥!

앞 열이 우측으로 조금씩 이동하자 뒤 열이 좌측으로 움직였다. 두 개의 원이 서로 반대 방향으로 움직이면서 진파랑을 압박하기 시작했다.

진파랑도 이 진법의 일원이 되어 움직인 적이 있었다. 하나 연습만 했지 실전에서 써먹은 적은 없었다. 그런 상황이 만들어지지 않았기 때문이다. 하지만 이 진법에 갇힌 자들이 모두 죽었다는 것은 잘 알고 있었다.

앞 열의 이십 인이 도는 속도가 조금 더 높아졌고, 그들의 무기가 햇살에 반사되어 번쩍이는 모습 또한 많아지고 있었다.

'내일 사시까지라……'

금강회류진을 본 진파랑의 머릿속에 내일 사시까지 버티려면 체력을 비축해야 된다는 생각이 들었다. 그렇다면 시간을 끄는 것이 옳은 선택이었다.

파파팟!

그때 옷자락 휘날리는 날카로운 소리와 함께 앞 열의 이십 인이 한꺼번에 땅을 차고 달려들었다. 그들의 손에 들린 검이 진파랑을 고슴도치로 만들 것처럼 포위하며 날아들었는데 삼 열을 이루고 있는 게 특징이었다.

가장 위로 떠오른 육 인은 진파랑의 얼굴과 목 부위를 노리고 검을 찔렀고, 그 바로 밑의 칠 인은 진파랑의 상체를 노렸다. 그리고 낮게 날아드는 칠 인은 진파랑의 하체를 노리고 찔러왔다.

전신을 노리고 날아드는 검들은 마치 삼 층의 탑을 쌓아놓은 듯 보였다.

쉬악!

원형을 그리고 날아드는 검날들이 진파랑의 반 장까지 접근하고 있었고, 진파랑의 신형이 아주 미세하게 떨린 것 같았다.

따다다다당!

요란한 금속음과 함께 진파랑을 향해 날아들던 이십 인의 신형이 불꽃과 함께 뒤로 날려갔다. 반탄강기를 이기지 못하고 튕겨 나간 것이다. 그들이 삼 장이나 뒤로 물러서자 그 사이로 십 인의 뒤 열 무사가 먼저 나섰다. 그들은 물러서는 이십 인의 무인들 틈을 빠져나와 진파랑의 몸을 노렸다.

"흠……."

문대영을 비롯한 천문성의 간부들은 상당히 놀라고 있었다. 진파랑이 어떻게 움직였는지 그들도 잘 몰랐기 때문이다. 여전히 백옥도는 청석 바닥에 박혀 있는 상태였고, 진파랑은 아까와 같은 자세로 서 있을 뿐이다. 달라진 건 없었다. 그런데 그의 주변으로 불꽃이 피었고, 이십 인의 무인이 튕겨 나갔다.

엄청난 쾌도였다.

따다다당!

또다시 금속음과 함께 열 명의 무인이 뒤로 튕겨 나갔다.

그들은 진파랑이 어떻게 움직였는지 볼 수 없었으며, 그저 불꽃과 함께 강한 충격이 검을 강타하자 물러선 것이다.

스슥!

다시 아까와 같은 모습으로 이 열로 이루어진 원형은 천천히 좌우로 돌고 있었다. 마치 좀 전에 벌어진 일이 거짓말인 것처럼 아무 일도 없었다는 듯이 움직이고 있었다.

진파랑은 그들의 모습을 눈에 담으면서도 저 멀리 대전 앞에 앉아 있는 사람들을 슬쩍 쳐다보았다. 그들의 표정은 굳어 있었다. 시선을 돌려 그들을 쭉 보던 진파랑의 주변으로 또다시 이십 인이 날아들었고, 스무 개의 검날이 아까와 달리 세 줄로 상중하를 노리고 날아드는 것이 보였다.

시간과 간격을 두고 공격해 온 것이다. 좀 전에는 같은 시간을 두고 열을 함께했다면 이번에는 그 열이 달라져 있었고, 그 뒤로 다시 십 인이 앞으로 나서고 있었다. 하지만 진파랑에게 그러한 변화는 소용이 없었다. 한꺼번에 쳐내면 그만이다. 진파랑의 오른 어깨가 미미하게 흔들리는 것 같았다.

따다당! 따당!

시간 차를 두었기에 금속음도 약간의 차이를 두고 터졌다. 하지만 튕겨 나가는 것은 달라진 게 없었고, 십 인의 검날이 쾌속하게 물러서는 사람들 사이로 나타났다. 진파랑은 여전히 같은 자세로 움직이지 않았다.

따다당!

금속음은 여전했고 공격을 해온 십 인은 뒤로 물러섰다. 여전히 변한 것은 아무것도 없었다. 진파랑은 금강회류진을 펼치고 있는 오십 인의 무인들에게 동화되는 중이었다. 그들이 나서면 반응하고 응대하는 것이 전부였다. 더 이상 그가 먼저 움직이는 일은 없었다.

진파랑의 의도를 가장 먼저 알아차린 것은 신주주였다. 보통 금강회류진에 갇히면 당황하거나 몇 수만 교환해도 목숨을 잃게 마련이다.

더욱이 먼저 공격하는 것이 진법에 갇힌 사람들의 심리였다. 하나라도 뚫어야 살 수 있기 때문이다. 하지만 진파랑은 그러한 점이 없었다. 그것은 그의 무공이 금강회류진을 넘어섰다는 것을 의미한다.

아무리 뛰어난 전술이 있다 하더라도 그것을 뛰어넘는다면 모든 것이 무용지물이다. 그것은 오랜 역사가 증명하고 있었다. 삼국시대 때 주유가 그토록 함정이라고 말렸어도 강동의 호랑이라 불린 손견은 자신과 수하들의 힘을 믿고 밀어붙인 일이 허다했다고 한다. 그러고는 승리를 이끌었던 인물이다.

금강회류진이 가지고 있는 장점은 짧은 시간에 상대방을 몰살시키는 집중력이었다. 그런데 진파랑은 그러한 집중력을 모두 능가하고 있었다.

그의 쾌도가 그만큼 대단했다.

"시간 벌기 같은데요?"

"시간 벌기? 차륜전은 우리가 하는 것인데 저놈이 그걸 한다고?"

신주주가 조용히 속삭이자 문대영은 인상을 찌푸렸다. 차륜전을 펼치는 이유는 그의 내공을 갉아먹어 서서히 말려 죽이기 위해서였다. 그런데 그런 것조차 소용이 없다는 뜻을 신주주가 보인 것이다.

따다다당!

또다시 이십 인의 검을 아무런 움직임도 없이 막아내고 있었다. 그 움직임은 여전히 변화가 없고 빨랐으며 눈으로 좇지 못했다. 문대영은 저 움직임이 사라지기를 기다려야 한다고 생각했다.

"좀 더 압박하는 게 좋겠어요."

신주주의 말에 문대영은 신중한 표정으로 짧은 수염을 쓰다듬었다. 그리고 알겠다는 듯 고개를 끄덕였다. 그러자 대전의 지붕 위에 오십 명의 황의 궁수가 나타났다. 그들은 정확하게 진파랑이 서 있는 곳을 향해 활시위를 당겼고, 오십 대의 화살이 비쾌하게 진파랑에게 쏟아졌다.

쉬쉬쉭!

진파랑이 공기를 가르고 날아드는 화살 비를 본 것은 이십인이 빠진 뒤였다. 진파랑은 살짝 미간을 찌푸려야 했다. 화살이 날아오는 궤적 자체가 직선이었기 때문이다. 높은 곳에서 낮은 곳으로 날아오는 것이지만 그럼에도 화살의 궤적은 보통 곡선을 그리게 마련이다. 하지만 지금 날아오는 화살들은 모두 직선이었고, 파공성을 들어볼 때 화살에 담긴 내력이 크다는 것을 알 수 있었다.

'천문성이 무서운 것은 궁수들도 한몫하지.'

진파랑은 궁수들의 공격도 염두에 두고 있었기에 당황하지 않았다. 화살비가 진파랑의 이 장 앞까지 접근했을 때 수십 개의 유형의 백색 선이 그물처럼 피어났다.

파파파팟!

오십 대의 화살이 백색 그물에 걸려 부러져 나갔다. 그것은 순간이었고, 진파랑의 신형은 여전히 같은 자세를 유지하고 있었다. 그 모습에 문대영의 눈빛이 달라졌으며 신주주의 표정도 굳었다.

"놀랍군."

문가혁이 가만히 중얼거렸다. 지금 화살을 날린 오십 인은 천문성에서도 가장 활을 잘 다루는 정예였다. 이들은 일류고수들로 화살에 내력을 담아내는 능력을 지니고 있었다. 천문성의 자랑이기도 한 이들의 화살을 진파랑은 손쉽게 막아낸 것이다.

"미동도 없다니."

신주주의 말에 문대영이 고개를 끄덕였다. 강한 내력이 담긴 화살을 막는 것은 생각보다 쉬운 게 아니었다. 더욱이 직선으로 날아오는 화살이었고 두꺼운 담벼락도 구멍을 내버리는 위력의 화살이었다. 문대영도 저렇게 미동도 하지 않은 채모두 막을 자신은 없었다.

그런데 진파랑은 그렇게 한 것이다. 그가 얼마나 무공에 자신이 있어 하는지 여실히 보여주고 있었다.

*   *   *

진파랑은 날아드는 화살이 가지고 있는 위력이 생각보다 크다는 것에 미간을 살짝 찌푸렸다. 다른 사람들이 볼 때 그의 육체가 움직이지 않은 것처럼 보였겠으나 실제 자신이 예상한 것보다 어깨의 떨림이 조금 더 심했다.

진파랑과 다시 한 수를 교환하는 오십 인의 무사는 눈에 띄게 지쳐 있었다. 호흡도 거칠어졌고 땀에 젖은 얼굴도 확연히 눈에 띄었다. 불과 반 시진도 안 되는 시간에 그들 오십 인이 모두 지친 것이다. 조금 더 한다면 더 버티지 못할 게 분명했다.

"애들이 지쳐 보이네요."

신주주는 말과 함께 일어나 크게 외쳤다.

"쉽게 이길 생각은 버리거라! 다음!"

신주주의 외침에 오십 인의 신형이 뒤로 퍼지듯 물러서는 듯하더니 그 사이로 다시 백 명의 흑색 무복을 걸친 무인들이 나타나 삼 열로 서서히 돌기 시작했다.

일열은 이십 인이고 이열은 삼십 인이며 삼열은 오십 인이었다. 각 간격은 일 장 정도를 유지하고 있었으며, 같은 금강회류진을 펼치고 있었다. 단지 이 열이 아니라 삼 열이었으며 더욱 강한 압박을 주기 시작했다는 점이 좀 전과는 달랐다.

오십 명과 백 명이 주는 압박은 확연히 달랐다. 더욱 넓은 공간에서 서서히 움직이는 그들의 기도는 한 명이 아닌 백 명이 내는 것이었으며, 금방이라도 진파랑을 난도질할 것처럼 보였다.

진파랑은 그들의 기도를 맨몸으로 받으며 그들이 호림원 소속의 무력십삼대라는 것을 알았다. 십삼이란 글이 그들의 가슴에 쓰여 있었기 때문이다. 하지만 진파랑은 그들의 소속이 중요하다고 생각하지 않았다. 그게 문제가 아니라 뜨겁게 내리쬐는 태양이 문제라고 생각했다.

사방을 둘러싸고 있는 천문성의 무사들은 모두 잠시의 휴식도 없이 서 있었으며 뜨거운 햇빛을 맨몸으로 받고 있었다.

자신이야 상관이 없지만 서 있는 이들은 모두 지쳐가고 있을 것이다. 뜨거운 태양 아래에 하루 종일 서 있는 것은 무림의 고수라 해도 쉬운 일이 아니다.

좀 전까지 자신과 싸웠던 오십 인은 이미 어디론가 사라진 상태였다. 휴식을 취하기 위해 안쪽으로 들어갔을 것이다. 그들을 지휘하는 문대영 역시 그들에게 휴식이 필요하다는 것을 잘 알고 있었다.

쉬쉬쉭!

매우 빠른 속도로 이십 인의 무인이 밀물처럼 밀려왔고, 그 뒤로 이십 인이 다시 따르고 있었다. 그 뒤로 다시 이십 인이 순서대로 기다렸다는 듯이 밀려왔다. 연속적으로 밀려오는 그들의 모습을 눈에 담고 있던 진파랑의 어깨가 미미하게 흔들렸다.

따다다당!

"헉!"

"큭!"

이번에는 신음성과 함께 금속음이 울렸고, 부러진 검들이 허공으로 솟구쳤다. 뜨거운 태양 빛이 솟구쳐 오른 검날에 반짝였고, 또다시 이십 인이 밀려오다 주춤거렸다. 그사이 뒤에 있던 이십 인도 주춤거리다 멈췄다.

파파팟! 따다당!

숫구친 검날이 방향을 바꾸어 바닥으로 떨어졌다. 요란한 금속음과 함께 이십 개의 부러진 검날이 사방에 널브러져 있고, 모두들 정지한 듯 멈춰 서 있었다. 검이 부러질 정도로 강한 일격을 날린 진파랑이었지만 아직도 그의 움직임을 정확히 꿰뚫어 본 사람은 없었다.

스슥!

앞으로 밀려 나오던 십삼대의 무인들이 뒤로 이동해 열을 맞추어 다시 서서히 돌기 시작했다. 누군가의 명이 있는 것도 아닌데 그들 스스로 그렇게 움직인 것이다. 잠시의 흐트러짐이 있었지만 재빨리 정신을 차리고 열을 맞춘 것이다. 훈련이 잘되어 있다는 것을 증명했다.

진파랑이 마음먹었으면 그 잠시의 시간 동안 밀려오던 이십 인을 모두 죽였을 것이다. 하지만 진파랑은 천문성과의 원한을 해결하기 위해 왔기 때문에 일부러 살심을 접고 있었다. 그래야만 좀 더 확실하게 천문성과의 관계를 끝낼 수가 있었다.

진파랑이 문대영에게 시선을 던지며 말했다.

"나는 상관이 없으나 이들은 많이 피곤해 보이는데 밥은 먹이고 싸워야 할 것 아니오?"

시간이 오시를 훌쩍 지난 것을 느낀 진파랑의 말에 고개를 든 문대영은 뜨거운 태양이 정오를 향했다는 것을 알았다.

진파랑의 말이 틀린 것은 아니었다. 연무장에 모여 있는 천문성의 무사들에게 식사와 휴식만큼 중요한 것은 없었다. 그것은 사기와도 직결되는 문제였고 그늘도 필요했다.

이대로 그냥 진행할 수도 있었다. 하지만 그렇게 하게 된다면 분명 오시를 넘어가면서 많은 무사들이 지쳐갈 것이다.

"도망갈 생각이 없는 자이니 식사는 하고 하지요."

신주주의 말에 문대영이 고개를 끄덕이며 일어섰다.

"네 말이 틀린 것은 아니다."

문대영의 말에 파란 깃발이 좌우로 흔들리자 연무장을 가득 채운 무사들이 열을 맞추어 빠져나가기 시작했다. 문대영이 다시 말했다.

"반 시진 후에 다시 시작하기로 하지."

"좋소."

진파랑의 대답을 들은 문대영은 다시 자리에 앉았고, 대전에서 차양을 올린 무사들이 천을 이용해 문대영을 비롯한 간부들이 앉은 곳까지 그늘을 만들어주었다. 진파랑이 보기엔 부러운 모습이다.

문대영이 일어나지 않았기에 간부들은 아무도 움직이지 않았고, 식사조차 거르고 있었지만 불만이 있는 사람은 없었다. 문대영이 품에서 건포를 꺼내 씹자 다른 간부들도 건포나 차를 마시며 휴식을 취하고 있다.

문대영은 여전히 눈을 감은 채 미동도 없이 서 있는 진파랑을 쳐다보고 있었다. 그는 마치 뭔가에 홀린 듯 진파랑에게서 한시도 시선을 떼지 않았다.

"무슨 생각을 하는 걸까? 죽음을 기다리는 사람치고는 너무 평온해 보여."

신주주가 그 말에 슬쩍 미소를 입가에 걸었다.

"그는 애초에 죽음을 생각하고 있지 않아요. 죽음을 각오했다면 이미 수십 명의 본 성 무사들을 죽였을 테니까요."

"그랬을까? 흐음, 그럴지도 모르지. 확실히 우리의 예상을 벗어난 행동이야."

문대영이 살짝 미간을 찌푸리며 말했다. 그들의 예상은 진파랑이 저렇게 방어적으로 나가는 것이 아니라 공격적으로 나가는 것이었다. 물론 그것이 일반적일 것이다.

포위당하고 공격을 당한다면 살아남기 위해서라도 살인을 했을 것이다. 피가 튀고 살이 튀어야 했다. 붉은 하늘이 열려야 했다. 이성을 상실하고 붉게 충혈된 눈으로 진파랑을 죽이기 위해 모든 무사들이 하나가 되어 공격해야 했다.

하지만 그 반대의 상황이 벌어진 것이다. 진파랑은 오직 방어만을 생각하는 사람처럼 보였고, 절대 먼저 공격하는 일이 없었다. 수 싸움에 처음부터 패한 것 같은 기분이 들었다.

금강회류진의 공격을 방어 일변도로 막고만 있었으며 그

는 단 한 번도 흔들림이 없어 보였다. 저렇게 내일까지 버티겠다는 것이라면 어떻게 해서라도 그의 살심을 끌어내어 피가 튀는 전장으로 바꿔야 했다.

하지만 과연 그게 쉬운 일일까?

"언제까지 저렇게 버틸 수 있을 것 같나?"

"그의 내공이 바닥을 드러낼 때까지는 버티겠지요. 하지만 본 성의 공격을 하루나 버틸 수 있는 무인이 과연 강호에 존재할까요? 일기라 해도 버티지 못할 것이니 걱정은 안 해도 될 듯합니다."

문가혁의 말에 문대영은 고개를 끄덕이면서도 고요하게 서 있는 진파랑이 마치 거목이라도 된 것처럼 크게 보이자 불안한 마음이 들었다. 신주주의 목소리가 들렸다.

"그렇지 않아요. 반나절만 버텨도 진파랑은 이긴 거나 다름없어요."

"왜 그렇게 생각하지?"

"저희가 흔들릴 테니까요."

신주주의 대답에 문대영의 표정이 굳었다. 신주주가 다시 말했다.

"해가 질 때까지 공격하는데도 아무런 흔들림이 없다면 누가 불안해하겠어요? 본 성의 무사들이에요. 단단한 바위산을 보는 것처럼 느낄 거예요."

신주주의 말은 충분히 가능성이 있는 말이었고, 문가혁은
공감이 가는 듯 고개를 끄덕였다. 하루 종일 최선을 다해 공
격했는데도 상대방의 옷깃조차 스치지 못했다면 분명 좌절감
을 느낄 것이고, 스스로 패배를 인정하고 포기하게 될 것이
다. 그러한 기분을 모르는 사람은 아무도 없었다.

문대영이 슬쩍 미소를 보이며 말했다.

"얼마나 버틸지 궁금하군."

그의 말은 이대로 그냥 진행하라는 말과도 같았다. 곧 식사
를 마친 무사들이 하나둘 나타나기 시작했다.

*   *   *

천문성의 정문에는 이른 아침부터 많은 사람들이 모여 있
었고, 그 근처에는 청풍과 정심이 있었다. 그들은 진파랑이
들어가는 모습을 처음부터 끝까지 지켜보고 있었다.

또한 그들만 있는 게 아니었다. 꽤 떨어진 객잔의 삼 층 창
문에는 운지학이 앉아 있었고 구천혁도 있었다. 그들의 옆 창
문에는 악무루와 청공이 보였다.

그들과 더 멀리 떨어진 주루의 지붕 위에는 장천사가 앉아
천문성에 모여든 수많은 사람 속에서 진파랑을 보고 있었다.

그들은 모두 흥미로운 시선으로 지금 일어나는 일들을 보

고 있었다. 그러는 와중에 또 다른 무리도 움직였다. 그들은
거지의 무리였는데 상당수의 인원이 천문성의 인근에 모여들
어 있었다.

"개방이라······."

주루의 지붕에 앉아 있던 장천사는 개방도들의 모습을 발
견하자 의외라는 생각이 들었다. 그들이 이렇게 모습을 보이
는 경우는 근래에 거의 없었기 때문이다.

"무슨 먹을 게 있다고 여기까지 찾아왔을까?"

장천사는 미소를 보이며 궁금하다는 표정을 보였다. 그러
다 그의 눈에 개방도들을 지나쳐 가는 두 명의 여인이 보였
다. 둘 다 큰 키에 눈에 띄는 미모를 지닌 여성들이다. 그들이
지나가자 사람들의 눈이 한 번씩 돌아가고 있었다. 개방도들
역시 그녀들을 쳐다보며 고개를 돌리고 있었는데 무언가를
말하는 듯했다.

하지만 장천사는 그녀들 중 앞선 여인을 보고 깜짝 놀란 얼
굴로 자리에서 일어섰다.

"이런, 가장 껄끄러운 상대가 나타났군."

장천사는 중얼거리며 지붕 위에서 소리 없이 사라졌다.

주점들 사이의 골목길에 모여 있던 이십여 명의 거지들 사
이로 고개를 들고 있는 개방의 복주분타주인 홍주개(紅酒丐)

장팔은 붉은 얼굴을 더욱 붉히며 지나가는 연홍과 연심을 쳐다보았다.

그녀들을 쳐다보는 것은 비단 그들뿐만이 아니었다. 시장의 모든 사람이 한 번씩 쳐다보고 있었으며, 연홍과 연심은 그런 시선에 익숙한지 변화 없는 표정으로 갈 길을 가고 있었다.

"와우! 아미파에서도 나왔구나."

홍주개가 놀란 듯 짧게 환성을 지르며 말했다. 그의 옆에 있던 부타주인 왕묵이 게슴츠레하게 눈을 뜨며 장팔의 어깨를 쳤다.

"누군데 그러십니까? 아미파입니까?"

코를 후비며 묻는 왕묵의 검은 얼굴을 본 장팔이 인상을 쓰며 그를 밀었다.

"가까이 오지 마라. 코가 썩는다, 썩어."

"아니, 거지가 냄새는 왜 맡습니까? 타주님도 다른 사람들 옆에 가면 그 사람들 코를 썩게 할 텐데 그러십니다. 저나 우리 애들이니까 참는 거지. 그런데 아미파입니까?"

자기보다 냄새가 더 심하다고 투덜거리며 왕묵은 다시 물었다. 장팔이 고개를 끄덕이며 대답했다.

"아미파의 고수지. 설화옥검(雪華玉劍)이라 불린 여고수인데 모르느냐?"

왕묵이 잠시 놀란 표정을 보였다.

"아, 그 냉검(冷劍), 얼음 같은 여자라고 들었습니다."

"아미파의 설화옥검까지 온 것을 보니 장천사가 확실히 나타날 모양이다."

"휴, 그런데 너무 대단한 고수들만 모습을 보여서 걱정입니다. 방주님이 어떻게 하실지……."

"너는 일단 여기서 계속 눈에 띄는 고수들을 주시하고 전서를 보내거라. 나는 방주님께 가야겠다. 아무래도 심상치가 않아. 방주님께서 장천사 때문에 이곳까지 내려왔는데 문제가 생길지도 모르겠구나. 강호사세가 다 모이고 거기다 과거 사세를 제외하고 십대고수라 불리던 무인들도 속속들이 나타나고 있는 중이다. 그뿐이냐? 무당과 화산의 골칫덩이들까지 있지."

장팔은 인상을 찌푸리며 말하다 긴 한숨을 내쉬었다. 생각만 해도 등골이 오싹해지는 고수들이 대거 보였기 때문이다. 이 좁은 땅에 그들이 모두 모인다고 생각하니 천하가 들썩일 것 같았다.

"그런데 방주님이 오셨단 말입니까?"

왕묵의 물음에 장팔이 고개를 끄덕였다.

"멀지 않은 곳에 계시다."

장팔은 자리를 털고 일어나며 왕묵에게 다시 말했다.

"감시 잘하고 특이한 일이 발생하면 바로 애들을 윤묵교(尹默橋)로 보내."

"예."

왕묵의 대답에 장팔은 곧 몇 명의 수하들과 함께 자리를 벗어났다.

개방의 거지들을 지나친 연홍은 슬쩍 장팔의 얼굴을 훑었다. 물론 찰나의 순간이었지만 연홍은 장팔의 얼굴을 똑똑히 기억했다. 그녀는 다루로 들어가며 옆에 있는 연심에게 말했다.

"개방도 나타난 것을 보니 여기 냄새가 천하에 진동하는 모양이구나."

"개방이요?"

연심은 거지들을 보았지만 그들이 개방이라고 생각하지는 않았다. 천하에 거지는 많지만 모두가 다 개방이라고 말할 수는 없기 때문이다.

"거지들까지도 이곳에 모여든 것을 보면 확실히 화제는 화제인 모양이구나."

연홍은 빈자리에 앉으며 다시 말했고, 그 앞에 앉은 연심은 아까의 거지들을 떠올렸다. 개방은 말로만 들었지 실제로 본 적이 없는 그녀였고, 개방의 활동을 제대로 본 적도 없기 때문이다. 하나 천하에서 가장 많은 방도 수를 자랑하는 거대 방파라는 것은 잘 알고 있었다. 죽엽차를 시킨 두 사람 옆에

서 장사꾼으로 보이는 두 상인의 큰 목소리가 들려왔다.

"진파랑이 살아서 나올 것 같은가?"

"살아서? 말이 되는 소리를 하게. 저기 혼자 들어갔는데 살아서 나오겠나? 내일 사시가 되면 분명 성문에 그놈의 목이 걸려 있을 것이네."

두 상인의 목소리에 연심의 표정이 굳어지며 매우 놀란 듯 아미를 찌푸렸다. 그녀의 표정이 바뀐 것을 알아차린 연홍은 진파랑이 누구인지 알기에 걱정스러운 표정을 보였다.

"강호는 넓은 것 같으면서도 좁아서 모두 다 만나게 되어 있지. 그런데 지금은 상황이 좋지 않은 것 같구나."

"어찌해야 할까요?"

"어찌하고 싶으냐?"

연심은 보기 드물게 걱정스러운 눈빛을 하며 우산을 굳게 움켜쥐고 있었다. 그 모습에 연홍이 다시 말했다.

"이는 천문성과 진파랑의 문제이니 끼어들지 말거라."

"하지만……."

"네가 끼어들면 문제가 더욱 커질 수가 있다."

연홍의 말에 연심도 알고 있다는 듯 짧은 숨을 내쉬었다. 옆에서 다시 말소리가 들렸다.

"내일 사시까지 버티면 천문성이 모든 원한을 잊고 풀어준다고 약속했다는데 정말 그게 사실일까?"

"아니, 몇 번을 묻는 겐가? 그렇다고 하지 않았나? 아까 천문성에 채소를 갖다 주는 그 임 형이 그랬다니까. 거기 무사들이 분명 그렇게 말했다고 하네."

"힘들겠지?"

"그럼. 천문성이 어떤 곳인데 진파랑을 그냥 두겠는가? 그들은 절대 그를 살려두지 않을 것이네. 그자의 손에 죽은 천문성의 무사들이 몇 명인데 살려두겠나? 쓸데없는 소리 하지 말게."

상인들의 대화를 다시 들은 연심은 여전히 굳은 표정이었고, 그사이에 차가 나왔다. 연홍과 연심은 조용히 차를 마시며 지나가는 사람들을 쳐다보고 있었다.

많은 사람이 오가는 거리였고, 그 사람들의 시선이 한 번씩 그녀들을 향했다. 그러는 가운데 한 청년이 연심을 보고 매우 반갑다는 표정으로 다루로 들어왔다.

"마 소저가 아니시오?"

연심에게 다가오는 청년은 영기위였다. 그도 진파랑의 소식을 듣고 이곳으로 달려온 것이다.

"아는 사람이냐?"

연홍이 묻자 연심이 고개를 끄덕였다.

"네."

영기위는 연홍의 차가운 한기에 잠시 주춤거렸다. 가까이 접근하기 어려운 껄끄러운 무언가가 있는 듯한 분위기에, 본능이 접근하지 말라고 시키는 것 같았다.

"오랜만이에요."

연심의 인사에 영기위는 웃음을 보인 뒤 다시 말했다.

"이런 곳에서 뵙게 되어 반갑소이다. 역시 마 소저도 진 형이 걱정되어서 온 것이오?"

"네."

연심은 짧게 대답했고, 영기위는 그럴 줄 알았다는 듯 다시 말했다.

"마 소저가 이렇게 왔으니 진 형도 쉽게 죽지는 않을 것이오."

"쓸데없는 소리 할 것이라면 그만 가주겠나?"

연홍의 말에 영기위가 살짝 미간을 찌푸리자 연심이 말했다.

"제 사저세요."

"반갑네."

"아, 영기위라 합니다."

영기위가 인사했고, 그는 차가운 연홍의 시선을 느끼곤 어색하게 연심에게 인사한 뒤 다시 나갔다.

"강호에 꽤 많은 인연이 있는 모양이구나."

"한동안 강호를 유랑했으니까요."

"쓸데없는 인연은 없애는 것이 좋다."

"예."

연홍의 말에 연심은 짧게 대답했다.

천문성의 정문 주변으로는 여전히 수많은 군중이 모여 있었으며, 안에서 일어나는 일에 대해 촉각을 곤두세우고 있었다.

연홍과 연심 둘은 자리에서 일어나 숙소를 구하기 위해 주변 객잔을 돌아다니고 있었다. 그녀들은 객잔의 방이 모두 다 꽉 차 있기 때문에 방을 구하기 어려워지자 정문에서 조금씩 멀어졌다.

네 번째 객잔에 들어섰을 때 입구를 지키던 점장이 먼저 말했다.

"손님, 죄송하지만 방이 다 차서 더 이상의 손님은 받지 않습니다. 식사만 하시는 거라면 자리를 안내하지요."

"아니에요."

연홍은 손을 저으며 다시 밖으로 나가기 위해 신형을 돌렸다. 그때 안쪽에서 큰 목소리가 울렸다.

"아니, 이게 누구시오? 홍 낭자가 아니시오?"

말소리가 꽤 컸기 때문에 객잔 일 층에 자리를 잡고 식사하던 모든 사람의 시선이 입구를 향하며 그곳으로 향하는 회의인과 두 명의 미녀를 눈에 담았다.

연홍은 다가오는 청풍의 모습에 살짝 인상을 찌푸렸다. 자신을 홍 낭자라 부르는 사람은 천하에 그밖에 없을 것이다.

"음, 연심아, 그냥 가자."

연홍은 슬쩍 청풍을 보다가 마치 못 볼 것을 본 사람처럼 신형을 돌렸는데 어느새 그녀들의 앞에 청풍이 나타나 서 있다. 어떻게 움직였는지 모를 만큼 매우 빠른 속도였다.

연홍은 짧은 숨을 내쉬며 고개를 저었다. 골치가 아프다는 표정이다.

"아이쿠! 누님께서 이런 곳까지 오시다니요? 오랜만에 뵙습니다."

뒤에서 들리는 목소리에 고개를 돌리니 정심이 서 있다. 앞과 뒤를 모두 막아선 것이다. 진퇴양난이 아닐 수 없었다.

"휴, 오랜만이에요."

연홍은 어쩔 수 없다는 듯 청풍에게 인사를 했고, 연심도 살짝 고개를 숙였다. 청풍은 연심의 손에 들린 우산에 시선을 던지다가 말했다.

"두 낭자는 방을 구하는 것이오?"

"그래요. 그런데 그 낭자라는 말은 좀 안 하면 안 될까요?"

"내 맘이오."

청풍의 대답에 연홍은 다시 한 번 아미를 찌푸렸다.

"방을 구하기는 어려울 것입니다."

정심의 말에 연홍은 알고 있다는 듯 고개를 끄덕였다. 정심이 청풍의 옆으로 다가가 섰다.

"마침 저희가 방을 두 개 잡아서 따로 쓰고 있었는데 제가 쓰던 방을 드리지요. 저희야 둘이 한 방을 써도 되니 두 분께서는 편히 쉴 수 있을 것입니다."

정심의 정중한 말에 연홍은 나쁜 생각이 아니라고 여겼다. 장천사는 내일모레 나타나기 때문에 이틀 동안 지낼 방이 필요했던 것이었는데, 설마 이곳이 이렇게 북적거릴 줄은 몰랐다.

"어떻게 생각하지?"

연홍이 연심에게 의견을 묻자 연심도 나쁜 생각이 아니라고 여긴 듯 대답했다.

"저희들을 위해 배려를 해주신 데 대해 감사하게 생각해요."

"그래, 알았다. 정심 사제가 그렇게 해준다고 하니 고맙게 생각하겠네."

"별말씀을."

정심이 손을 저었고, 청풍이 말했다.

"자자! 안으로 들어가서 식사나 합시다. 술은 내가 살 테니 걱정하지 말고 말이야."

"술은 안 돼요. 그리고 방부터 가서 좀 쉬어야겠어요."

연홍의 날카로운 목소리에 청풍은 입술을 내밀며 인상을

찌푸렸다. 마치 잘못하다가 걸린 어린아이 같은 표정에 정심이 청풍의 어깨를 다독였다.

"두 선배님과는 어떤 관계인가요?"

연심은 방에 들어와 의자에 앉으며 청풍과 정심에 대해 물었다. 연홍이 검을 침상에 내려놓으며 대답했다.

"너도 강호에 나가봐서 알겠지만 강호에는 많은 이야기가 존재한다. 그건 자기가 만들어가는 이야기지. 청춘일 때 나 역시 강호에 나갔고, 많은 이야기를 만들었다. 그 가운데 인연을 맺은 사람들이지."

연홍의 말은 두루뭉술하여 알아듣기 어려울 수 있었다. 하지만 연심은 자신 역시도 강호에 나갔기 때문에 어떤 의미인지 명확하지는 않아도 알 수는 있을 것 같았다.

연홍은 곧 궁금한 얼굴로 연심의 맞은편에 앉으며 물었다.

"진 소협과는 어떻게 할 생각이냐?"

연심은 잠시 굳은 표정을 보였지만 눈 속에는 복잡한 생각이 담겨 있었다. 연심은 목이 타는 듯 다시 차를 마셨다.

"강한 자가 살아남는 것이 아닐까요? 진 소협이 강하다면 분명히 살아남을 거라 생각해요."

"기대하던 대답은 아니구나. 사랑하는 사람이라면 응당 구하러 가야지."

연홍은 자신의 예상과 달리 담담하게 대답하는 연심의 모습에서 과거의 자신을 보는 듯한 기분이 들었다. 좋아하는 마음이나 사랑하는 감정을 숨긴 것이 후회스럽다고 생각했다. 그런 자신과 연심은 다른 것일까? 다른 게 없는 것 같았다.

문득 연심의 표정에서 걱정이 없다는 것을 느낀 연홍은 안심이 되는 듯했다. 그녀는 진파랑을 굉장히 믿고 있는 것 같았기 때문이다.

"진 소협이 강한 사람이라고 생각하는구나."

"네."

연심은 솔직히 대답했다. 그녀는 진파랑을 잘 알고 있었고, 이 정도로 죽을 거란 생각은 애초에 한 적이 없었다. 마음 한편으로 걱정을 하면서도 그를 믿고 싶었다. 그가 한 약속이 있기 때문이다.

"그 사람은 죽지 않아요."

연심의 다짐하듯 내뱉는 한마디에 연홍은 미소를 던졌다. 그 믿음이 사실처럼 다가왔기 때문이다.

第六章
두려움은 없었다

진가도

연홍과 연심의 옆방에는 청풍과 정심이 앉아 있었다. 둘은
낮부터 죽엽청 한 병을 올려놓은 상태로 담소를 나누고 있었
다.

　　"홍 낭자까지 나타난 것을 보면 쉽지 않을 것 같아 걱정이
군."

　　"장 형을 잡는 것 말이오?"

　　"그렇지."

　　장천사를 떠올리며 청풍은 고개를 끄덕였다. 분명 연홍은
장천사를 잡기보다 그를 도우려 할 것이었기 때문이다. 과거

에도 장천사를 도운 사람은 연홍이었다. 물론 그 이후에 둘이 어떻게 되었는지 잘 알지는 못하지만 분명 장천사를 도와 함께한 사람 중에 한 명은 연홍이었다.

"장 형을 잡는 것부터 생각해야 하지 않을까요? 보아하니 구 선배와 운 선배도 나타난 것 같은데."

"눈은 마주쳤지만 모른 척했지."

청풍은 미소를 던졌고, 정심은 술을 한 잔 마셨다.

"저도 그랬지요."

"그것보다 안에서 일어나는 싸움이 궁금해 죽겠어. 진 소제의 실력이라면 천문성도 분명 고생할 것이 뻔한데… 문대영의 그 구겨진 얼굴을 구경하는 것도 재미일 텐데 말이야."

"밤에 한번 들어가 볼까요?"

"그럴까?"

정심의 말에 청풍은 가고 싶다는 듯 술잔을 들었다.

"술에 취한 채 들어가는 것도 나쁘지는 않겠지. 걸리면 실수라고 하지, 뭐."

"하하하하! 좋은 생각입니다."

정심 역시 그럴 생각인 듯 동의했고, 둘은 다시 술잔을 들었다.

따다다당!

금속음과 함께 수십 명이 원형으로 먼지를 일으키며 물러섰다. 그들의 얼굴에는 땀방울이 맺혀 있고 어깨에는 먼지가 쌓여 있었다. 진파랑의 주변에서 일어나는 바람 때문에 어깨에 먼지가 쌓인 것이다.

진파랑은 여전히 백옥도를 청석 바닥에 꽂아둔 상태였으며 변한 것은 어떤 것도 없어 보였다.

조금 변한 게 있다면 청석 바닥에 살짝 금이 가 있는 정도였다. 그 정도의 변화는 얼핏 보면 큰 차이가 없는 것처럼 보일지 몰라도 고수라면 매우 큰 변화로 읽을 수 있었다. 진파랑의 체력에 문제가 생기기 시작한 것을 알렸기 때문이다.

진파랑은 멍하니 고개를 들어 대전 위로 뜨겁게 내리쬐고 있는 태양을 올려다보았다. 눈이 부셔 제대로 쳐다볼 수 없었지만 그 밑으로 검은 세상이 보이는 듯했다. 뜨거운 빛에 시선을 내리자 대전이 보였고, 그 밑에 앉아 있는 그늘 속의 사람들이 보였다.

문득 그 사이로 홍수려의 얼굴이 보였다.

'후후……'

그의 입가에 미소가 걸렸다. 홍수려를 보고 기뻤기 때문이 아니라 지금까지의 과거가 모두 주마등처럼 스쳐 지나갔기 때문이다.

"내가 이곳에 왜 있는 것일까?"

진파랑은 가만히 중얼거리며 청석 바닥에 박힌 도의 손잡이를 잡아 뽑아 들었다. 그 모습에 대전에 앉은 사람들의 안색이 변했으며, 그의 기도가 삽시간에 바뀌자 주변으로 차가운 공기가 휘몰아쳤다.

쉬아아악!

먼지구름과 함께 퍼져 나가는 진파랑의 거대한 기도에 수많은 사람의 표정이 변했다.

진파랑은 도를 늘어뜨린 채 살기(殺氣)를 흘렸다.

그러던 어느 순간 진파랑은 다시 모든 기도를 거두었고, 고요한 공기만이 정적과 함께 흘러가고 있었다. 자신을 보인다는 것은 이런 게 아닐까? 진파랑은 두 시진이 넘게 흐르는 동안 이들에게 자신의 존재를 알렸지만 그것은 어디까지나 버티기였다.

그것만으로도 충분히 자신의 존재를 알린 것이었지만 진파랑은 다시 한 번 더 자신이 누구인지를 말하고자 살기를 보인 것이다.

굳은 표정으로 앉아 있던 문대영의 입이 열렸다.

"마치 언제라도 너희들을 모두 죽일 수 있다는 것 같군그래."

"그래요."

신주주가 굳은 표정으로 문대영의 말을 받았다. 문대영은 짧은 숨을 내쉬며 다시 말했다.

"이 정도일 줄이야……."

진파랑의 살기는 이제 그만 본격적으로 하자는 말과도 같았다. 금강회류진이 우수한 것은 잘 알지만 더 이상 자신에게 통하지 않는다, 문대영은 그렇게 받아들였다.

문대영이 자리에서 일어나 진파랑을 향해 강한 어조로 말했다.

"이제 자네의 실력을 알았으니 우리도 본격적으로 하도록 하지."

문대영의 말에 진파랑은 실소를 보이더니 큰 목소리로 외쳤다.

"나는 천문성에 도전하러 온 것이지 목숨을 구걸하려고 온 것이 아니오!"

진파랑의 목소리에 실린 힘이 좌중을 압도하는 것 같았다. 문대영의 표정이 더없이 차갑게 굳어졌고, 진파랑이 다시 말했다.

"원한을 해결하기 위한 도전이니 최선을 다해야 할 것이오!"

문대영은 진파랑의 강한 기백과 지금의 상황에서도 자신감을 잃지 않는 모습이 마음에 드는 듯 슬쩍 미소를 보였다. 호승심을 자극하는 무인이었기 때문이다. 이런 인물이 적이라는 것이 아쉬울 따름이다.

"좋다! 네 무모한 도전이 어디까지 가는지 보고 싶구나!"

문대영은 말과 함께 주변을 둘러보며 크게 말했다.

"누가 나서겠느냐?"

탁! 휘리릭!

문대영의 말이 끝나기가 무섭게 그의 뒤편 의자를 치는 소리와 함께 회색 그림자 하나가 허공을 날아 진파랑의 십 장 앞에 나타났다. 그는 이십 대 중반의 젊은 청년으로 큰 키에 팔과 다리가 모두 길어 보였고 어깨에는 도를 메고 있었다.

"호림원 일대주 홍영이오."

진파랑은 호림원의 일대주라면 절정의 고수라는 것을 잘 알고 있었다. 호림원의 대주라는 자리는 아무나 쉽게 앉을 수 있는 자리가 아니었으며 그만큼 실력이 뒷받침되어야 한다. 홍영은 장로인 홍혁성의 손자였으며, 그만큼 뛰어난 무위를 지닌 인물이었다.

"진파랑이오."

진파랑의 말이 끝나자 홍영은 어깨에 멘 유엽도를 꺼내 손에 쥐었다. 그 모습만으로도 상당한 위압감을 주기에 충분했다. 무엇보다 큰 키와 긴 팔이 진파랑의 눈에 성가시게 보였다.

홍영은 진파랑의 명성을 이미 오래전부터 듣고 있었다. 그가 천문성의 하급 무사에서 끊임없는 노력으로 강하게 성장했다는 것도 알고 있었다. 다른 사람들은 그의 무위가 모두 악운이 강해서라고 했지만 그는 그렇게 생각하지 않았다. 악운이란 것 자체도 실력이라 여겼기 때문이다.

그 역시도 상당히 많은 실전 경험을 가지고 있었으며, 기회가 된다면 진파랑과 한 수 겨루고 싶다는 생각을 하고 있었다.

진파랑이 찾아온다는 것에 기뻐하던 사람 중에 하나가 그였다. 하지만 대회의실에 모여 회의하는 사람들의 의견은 대결이 아닌 차륜전을 이용한 죽음이었다. 그게 마음에 들지 않던 그였다.

"이렇게 만나게 되어 반갑소이다."

"홍 형의 명성은 이미 들었소."

진파랑은 하급 무사로 생활하던 기억 속에서 홍영의 명성을 떠올렸다. 이미 그때 홍영은 자신의 실력으로 호림원의 일대주가 된 상태였기 때문이다. 약관의 청년이 호림원 일대주가 된다는 것은 이례적인 일이었다.

홍영이 손을 저으며 답했다.

"그건 세상의 명성이 아니라 본 성에서의 명성일 뿐이오."

천하의 강자들이 모여 있는 천문성에서 일대주의 자리에 오른 것은 절대 겸손해할 일이 아니었다. 그런데도 홍영은 늘

겸손했고, 그랬기 때문에 명성이 더욱 높은 인물이었다.

"태양이 뜨겁소이다."

진파랑의 말은 빨리 하자는 뜻이었고, 홍영은 고개를 끄덕이며 슬쩍 앞으로 한 발 나오더니 말과 함께 움직였다.

"그럼 즐겁게 놀아봅시다."

쉬쉭!

홍영의 그림자가 비쾌하게 진파랑의 좌우로 움직이는 듯 두 갈래로 갈라졌으며, 유엽도의 도광이 소낙비처럼 진파랑을 향해 날아들었다. 홍가의 천광도법(天光刀法)을 펼친 것이다.

비쾌한 쾌도라면 홍영 역시 진파랑에게 지고 싶지 않은 듯 천문성 최고의 쾌도를 선보였고, 소나기처럼 날아드는 도기의 맹렬한 기운은 눈으로 좇기 어려울 정도였다. 마치 일정한 방향을 정하고 난사한 게 아닌 무차별적인 난사로 보였다.

하지만 하나하나 그 형이 있고 순서가 있었으며 무차별이 아닌 허와 실이 함께 공존하는 공격이었다.

진파랑은 눈앞에 나타난 수십 개의 빛줄기가 전신으로 뿌려지는 것을 가만히 쳐다보고만 있었다. 마치 눈앞에 나타난 수십 줄기의 빛 무리가 어떻게 날아오는지 모르는 듯 보였다. 하지만 진파랑의 오른손이 움직인 것은 그 빛이 살에 닿으려는 순간이었다.

쉬아아악!

강한 바람이 부는 것 같더니 홍영이 만들어낸 도기의 조각들을 삽시간에 집어삼키며 날아갔다. 다가오던 홍영의 곁을 지나친 바람은 거대하게 휘몰아쳤으며, 먼지구름은 대전으로 솟구쳤다.

진파랑의 삼 장 앞에 멈춰 선 홍영은 어이가 없다는 듯 진파랑을 쳐다보고 있었다. 그때였다. 그의 상체에 수십 개의 혈선이 그려지더니 사방으로 피가 튀었다.

"헉!"

"홍 대주!"

사람들의 외침 소리가 터져 나왔고, 홍영은 어이가 없다는 표정으로 자신의 몸에 난 상처를 내려다보았다.

지금까지 살면서 이렇게 많은 상처를 입어본 기억은 결단코 없었다. 그렇기 때문에 더욱 어이가 없었으며 무엇보다 진파랑이 어떻게 움직였는지 보지 못한 게 억울했다. 비틀거리는 홍영을 향해 일대의 대원들이 달려 나와 그를 부축했다.

홍영은 멍한 눈으로 진파랑을 쳐다보다 곧 부축하는 대원들의 팔을 밀치며 혼자 서 있을 수 있다는 듯 다리에 힘을 주었다.

"고맙소."

홍영은 진파랑이 일부러 피부만 벤 것을 알기 때문에 인사를 한 뒤 비틀거리며 연무장을 빠져나갔다. 그 뒤로 일대의 대원들이 우르르 따라갔으며, 삽시간에 주변은 웅성거리는 소음으로 가득 찼다.

홍영이 누구인가? 홍가의 직계이며 그의 무공은 이미 젊을 때부터 두각을 나타난 인물이었다. 천문성에서 그를 능가하는 고수는 젊은 층에 거의 없다고 봐도 무방했다. 그런 그를 단 한 수에 누른 것이다.

진파랑을 향한 원한과 살기가 가득했지만 그걸 떠나 그의 무공은 인정해야 했다. 하지만 천문성은 그걸 인정하면 안 되었다. 진파랑의 무공은 약했으며 버러지처럼 기어 다니다 죽어야 했다.

"아쉽군."

문가혁은 입맛을 다시며 중얼거렸다. 홍영이 죽었다면 그 기세를 몰아가려고 했기 때문이다. 그 준비를 하려던 찰나에 홍영이 걸어 나가자 혀를 차야 했다.

한번 올라온 기세는 쉽게 사그라들지 않는 법이고, 그것을 이용해야 하는 것도 사실이다. 문가혁은 현 상황에서 열쇠를 쥐고 있는 사람이 진파랑이라고 여겼다. 그 열쇠를 뺏어야 했다. 신주주 역시 같은 생각을 하고 있었다.

문대영이 인상을 찌푸리며 말했다.

"다음은 누구인가?"

진파랑을 상대하려는 사람이 있으면 자율적으로 나오라는
뜻이었고, 문대영의 말이 끝나는 순간 좌측 끝에서 한 사람이
일어섰다.

"오라버니가 패했으니 제가 나서야지요."

모두의 시선이 일어선 사람에게 쏠렸고, 그녀는 붉은 피풍
의를 휘날리며 천천히 계단을 내려갔다. 그녀는 홍수려였다.

"역시 홍가로군."

문대영이 중얼거렸고, 모두들 홍수려가 나서는 것에 반대
하지 않았다. 그녀의 무공 또한 대단했기 때문이다.

       *   *   *

사람들은 피풍의를 휘날리며 계단을 내려오는 홍수려의
모습을 지켜보고 있었다. 모두의 시선이 그녀에게 쏠렸고, 그
녀의 오른손에 들린 검이 금방이라도 뽑힐 듯 보였다. 그녀는
천천히 계단을 내려와 진파랑의 십 장 앞에 멈춰 섰다.

진파랑과는 상당한 거리였고, 단 한 수에 그 거리를 좁히기
는 어려워 보였다. 하지만 그녀에게 그 정도의 거리는 문제가
아니었다. 진파랑 또한 그럴 것으로 여겼다. 그의 무공을 대
충 짐작하고 있었기 때문이다.

진파랑은 자신의 앞에 서 있는 홍수려를 쳐다보며 지난 과

거의 일들을 떠올렸다. 어린 시절 함께 천문성으로 들어오던 그때의 기억이 추억처럼 밀려왔다. 그녀는 웃었고, 진파랑도 웃었다.

어린 진파랑에게 희망이란 것은 사실 없었다. 내일이란 것도 없었고 앞으로의 미래가 어떻게 될지도 몰랐다. 어리기 때문에 그저 눈앞의 현실만 직시하고 살았던 것 같다. 좋은 기억이 거의 없었기에 애써 기억을 안 하려고 했다. 그런데도 자꾸 생각나는 것은 눈앞에 홍수려가 서 있었기 때문이다.

분명 그녀는 진파랑의 마음속 한구석에 좋은 추억으로 자리 잡고 앉아 있었다.

스릉!

홍수려는 말없이 검을 뽑아 들었다.

그의 검이 밝게 웅웅 울었고, 검명에 진파랑의 눈빛이 살짝 변했다. 검명을 일으킨다는 것은 적어도 어느 정도의 경지를 넘어섰다는 뜻이기 때문이다.

'반박귀진? 오기조원? 아니면 그 사이인가?'

진파랑은 홍수려의 무공이 꿈의 경지 중 하나에 들어간 것이 분명하다고 생각했다. 그녀의 검명은 맑고 날카로웠으며 서늘한 기운까지 내뿜고 있었다.

[도망쳐요.]

그때 들리는 것은 그녀의 전음이었다. 그 전음에 진파랑은 살짝 미간을 찌푸렸다. 홍수려의 전음이 더 들렸다.

[저는 전력을 다해 싸울 거예요. 그러니 도망치세요.]

그녀의 목소리에는 힘이 있었다. 실제 그녀는 살기까지 보이며 정말 진파랑을 죽일 것처럼 날카로운 기운을 내뿜었다.

진파랑은 말없이 도를 들어 올렸고, 언제든지 들어오라는 듯 가벼운 미소까지 입가에 걸었다. 그의 여유 있는 모습에 홍수려는 어쩔 수 없다는 듯 깊은 숨을 내쉬며 호흡을 골랐다.

"오시오."

진파랑의 짧은 한마디에 홍수려는 인상을 찌푸리다 곧 다시 한 번 호흡을 고른 뒤 정중동의 자세로 검을 가슴 앞으로 들어 올렸다. 그녀는 미간 사이에 놓인 검날 너머로 진파랑을 노려보더니 흐릿하게 사라졌다.

휘리릭!

홍수려의 피풍의가 휘날리는 소리가 경쾌하게 들렸고, 그녀의 그림자는 흐릿한 잔상과 함께 어느새 진파랑의 일 장 앞으로 다가왔다. 십 장이란 거리를 단 한 번의 호흡 만에 좁혀 온 것이다.

그녀는 홍혁성에게 배운 자전신공을 육성까지 끌어올리며 낙월검법(落月劍法)을 펼쳤다. 낙월검법은 유연한 움직임이 특징으로 남성보다는 여성이 익히기에 적합했으며 상승의 검법이었기에 홍수려도 수련한 지 반년이 안 된 검법이다.

쉬악!

그녀의 검이 진파랑의 정수리를 향해 곡선을 그리며 떨어져 내렸다. 정면에 서 있던 그녀의 그림자가 좌측을 향했고, 기이한 곡선을 그리는 그 모습에 진파랑은 인상을 찌푸렸지만 쉽게 쳐냈다.

땅!

금속음과 함께 강한 반탄력에 홍수려의 신형이 멈췄다. 다음 초식으로 이어져야 할 발이 멈췄기 때문에 한순간 공백이 생겼고, 기혈이 끊기는 것을 느꼈다. 설마하니 진파랑의 일도가 이토록 강할 거라고 생각지 못했기에 더욱 놀라고 있었다.

홍수려는 안색을 바꿔 굳은 표정을 보이며 진파랑을 향해 입술을 움직였다.

[저를 죽이세요.]

그녀의 한마디에 진파랑은 어이없다는 듯 그녀를 쳐다보았다.

[그렇지 않으면 당신이 죽을지도 몰라요.]

홍수려는 멈추고 있던 신형을 추스르고 다시 검기를 일으켰다. 그녀의 검이 검명과 함께 흔들렸으며, 사선을 그리는 검기의 선들이 어지럽게 진파랑을 향한 채 흔들렸다. 진파랑은 곡선과 사선의 너머에서 우측으로 움직이는 홍수려를 따라 시선을 돌렸다.

시선은 돌고 있었지만 진파랑의 손은 움직임을 멈추지 않았다.

따다다당!

금속음과 불똥이 튀었고, 진파랑은 홍수려를 조금씩 밀어냈다. 홍수려는 자신의 검격을 뛰어넘는 진파랑의 도력에 밀려 나가는 것을 알았지만 견뎌야 했다. 하지만 진파랑의 도가 아주 짧게 빛을 뿌렸고, 도빛은 그녀의 어깨를 베고 있었다.

홍수려는 놀라 검으로 어깨를 막았다. 도날이 그녀의 검면에 부딪치는 순간 쿵 하는 소리와 함께 그녀의 발이 청석 바닥에 살짝 들어갔으며, 그녀는 절로 인상을 찌푸린 채 뒤로 십여 보나 물러서야 했다.

"큭!"

홍수려는 검이 아니었다면 자신의 왼 어깨가 베였을 거란 생각에 싸늘한 표정으로 진파랑을 쳐다보았다. 하지만 그것도 잠시뿐, 그녀는 곧 호흡을 가다듬으며 검을 다시 가슴 앞으로 들었다.

[서편으로 도망쳐야 해요.]

그녀의 전음은 계속되었지만 진파랑은 대답하지 않았다. 애초에 도망칠 생각이 없었기 때문이다. 하지만 아무 대답도 안 하면 홍수려가 계속 전음을 할 거란 생각에 입을 열었다.

"소저의 무공은 잘 보았소. 하나 나는 이 자리에서 내일 사시까지 움직일 생각이 없소이다."

진파랑의 말은 곧 홍수려의 전음에 대한 거절이었다. 또한 소저라는 말에 홍수려는 굉장히 실망한 표정으로 서운한 눈빛을 던졌다. 그러다 사람들의 시선을 의식했는지 자존심이 상한 얼굴로 크게 말했다.

"본 성을 너무 우습게 아는 것 같군요! 과연 내일 사시까지 그 자리에 서 있을 수 있을지 봐야겠어요!"

말이 끝나는 순간 홍수려의 검에서 강한 빛과 함께 수십 개의 검기 다발이 진파랑의 전신으로 날아들었다. 좀 전에 홍영이 보여준 천광검법을 펼친 것이다.

하지만 그 숙련도와 위력은 배가 높았으며 더욱 빨랐다. 진파랑은 제자리에 서서 슬쩍 신형을 옆으로 돌리면서 쾌도를 펼쳤다. 그의 어깨가 움직였고, 수십 개의 검기가 진파랑의 도력에 막혀 사라져 갔다.

마지막 하나까지 모두 쳐낸 진파랑의 눈에 어느새 우측으로 들어온 홍수려가 보였고, 그녀의 검이 허리를 베어오고 있었다.

쉬악!

진파랑은 피할 생각이 없는 듯 보였다. 홍수려는 자신의 일검에 진파랑이 베이기보단 그가 물러서기를 원했다. 그리고 막 그녀의 검이 진파랑의 허리에 닿으려 할 때 홍수려는 내력을 거두어 멈추려 했고, 진파랑의 도가 회전하며 그녀의 검을 쳐올렸다.

땅!

금속음과 함께 그녀의 검이 하늘 높이 솟구쳤으며, 수십 바퀴를 돌아 대전 앞 계단에 떨어졌다.

쨍그랑!

유리가 깨진 듯한 요란한 소리가 들려왔다.

오른손을 하늘로 올린 채 내리지 못한 홍수려는 멍하니 진파랑을 쳐다보고 있었다.

애초에 홍수려는 진파랑의 몸을 상하게 할 생각이 없었다. 그녀는 자신이 이곳에 있다는 것을 진파랑에게 알리고 싶었으며, 그가 자신에 대해 어떻게 생각하는지 아직도 알고 싶고 궁금했다. 단지 그뿐이었다.

눈앞에 서 있는 진파랑은 여전히 무심한 눈빛에 표정 없는 얼굴이었으며, 아까와 달라진 것이 없었다. 다른 사람들을 대할 때와 자신을 쳐다볼 때 변하는 것이 없었다.

'혹시라도……'

홍수려는 진파랑의 마음속에 자신의 존재가 조금이라도 남아 있기를 원한 게 아닐까? 그런 마음으로 검을 든 것일까? 그녀는 스스로도 해답을 모르겠다는 듯 멍하니 진파랑을 쳐다보고 있었다.

"우린 검보단 대화가 필요하지 않을까?"

진파랑의 목소리가 무심하게 흘러나왔다.

그 순간 정신을 차린 홍수려가 굳은 표정으로 돌변하더니 뒤로 화살처럼 물러섰다. 그녀는 십여 장이나 물러나 떨어진 검을 손에 쥐며 당황한 듯 말했다.

"오늘을 잊지 않겠어요."

말과 함께 그녀는 뒤도 안 돌아보고 싸늘한 살기를 뿌리며 대전 뒤로 사라졌다. 그녀의 뒤로 장산이 따라붙었다.

대전을 지나 서편의 숙소로 향하던 홍수려는 정원에 들어서자 다리에 힘이 풀린 듯 의자에 풀썩 주저앉았다. 그 옆으로 장산이 다가와 섰다.

"왜 그래?"

그녀의 질문에 홍수려는 좀 전의 진파랑의 목소리를 떠올렸다.

"나와 대화를 원했어."

홍수려는 가만히 중얼거리며 조금 기대에 찬 표정을 보였다. 가슴에서 울리는 심장 소리가 머리를 흔들고 있는 것 같았다. 그녀는 깊은 심호흡을 몇 번 하다 자리에서 일어서 다시 말했다.

"어쩌지? 무슨 말을 해야 하지? 나 때문에… 인생이 바뀌었는데……."

장산은 아무 말 없이 홍수려의 어깨를 다독였다. 그게 지금 홍수려에게 해줄 수 있는 유일한 일이라 여겼다.

*　　　*　　　*

고개를 든 진파랑은 해가 서산으로 넘어가는 것을 확인했다. 붉은 노을이 하늘을 반쯤 수놓고 있는 것을 보자 시간이 꽤 흐른 것을 알았다. 어쩐지 어깨가 조금 걸리고 다리도 저린 것 같았다. 너무 움직이지 않아서이다.

진파랑은 가볍게 어깨를 돌리더니 다리도 이리저리 움직이며 몸을 풀었고, 그 모습을 보던 문대영은 어이없다는 듯 싸늘한 미소를 걸었다.

뚜둑!

진파랑은 목을 몇 번 꺾으며 마치 대전 위의 사람들을 구경하러 나온 사람처럼 한차례 둘러보았다.

명백한 도발이었다.

그의 도발에 사람들의 안색이 바뀌었고, 심기가 불편한지 엉덩이를 들썩이는 간부들도 있었다.

"재미있군."

문대영이 웃으며 자리에서 일어섰다. 그러자 모두의 시선이 그를 향했고, 문대영이 신주주에게 고개를 돌리며 말했다.

"내 검을 가져오게."

"직접?"

"저리 나온다면 내가 나서야지. 그래야 본 성의 무사들이 피를 보겠지."

문대영의 말에 신주주는 말리고 싶었다. 그가 나서는 것이 너무 빨랐기 때문이다.

"와아아아!"

거대한 함성 소리가 울린 것은 문대영이 손을 들어 올렸을 때다. 천문성의 무사들은 문대영이 직접 나서려는 것에 고무되어 함성을 지른 것이다.

그 순간 문대영의 옆으로 백색 그림자가 빠르게 스치고 지나쳤다.

"하하하하하! 진 형은 여전히 거만하구려!"

거대한 웃음소리와 함께 연무장에 나타난 것은 희미한 미소를 입가에 걸고 있는 지본소였다. 그가 나타나자 진파랑의 표정이 굳었다.

"오랜만에 뵙소이다, 진 형."

지본소는 마치 예의가 바른 사내처럼 포권을 했고, 진파랑은 슬쩍 살기를 흘렸다. 죽이고 싶은 인물이기 때문이다.

지본소가 나타나자 술렁인 것은 대전 앞에 앉아 있는 천문성의 간부들도 마찬가지였다. 그들은 지본소가 나타나 문대영의 출전을 방해한 것에 화가 나면서도 나서지 못했다. 문대영이 의자에 다시 앉았기 때문이다.

그는 진파랑이 더욱 지친 이후에 출전하는 것이 좋았다. 그래야 그가 확실한 승리를 가져갈 수 있기 때문이다. 문대영은 절대 패하면 안 되는 위치의 인물이었다. 조금이라도 문대영에게 도움이 되는 것이라면 그냥 두는 것이 상책이었다.

"상황이 재밌게 흘러가는 건가?"

문대영은 자신을 찾아왔던 지본소를 떠올리며 중얼거렸다. 그때의 지본소는 분명 진파랑에게 복수를 하겠다고 했다. 하나 그의 무공으로 진파랑을 이기는 것을 불가능했고, 그것을 알기에 의자에 앉은 것이다. 지본소가 어떻게 할지 궁금했기 때문이다.

지본소를 쳐다보는 진파랑의 표정이 험상궂게 변하였다. 지본소는 그 모습에 빙글거리며 다시 말했다.

"구면인데 왜 그렇게 인상을 찌푸리시오? 어디 못 볼 거라도 본 것이오? 강호의 사람들은 모두 동도라 하였소. 형제처럼 지냅시다."

"미친놈."

진파랑의 목소리가 낮게 울렸다.

"훗!"

지본소 역시 웃음을 보였고, 진파랑의 반응을 예상이라도 한 듯 여유까지 보였다. 지본소에게 진파랑이 두렵다거나 그와의 싸움을 피해 도망친 기억 같은 건 없는 듯해 보였다.

"우리가 구면이라 하여도 대화를 나눌 사이는 아닌 것 같은데?"

"뭐 어떻소? 여긴 천문성인데."

지본소는 양팔을 벌리고 으쓱거리며 대답한 뒤 앞으로 한 발 나서더니 어느 순간 진파랑의 코앞까지 다가오며 다시 말했다. 비쾌한 움직임이다.

"아니면 내게 심장을 주든가."

엄청난 기세로 가슴을 찔러오는 지본소의 손에는 섭선이 들려 있었다. 섭선에 찔린다면 구멍이 뚫리기보다 갈비뼈가 모두 부서질 것이 분명했다.

진파랑은 그의 섭선이 다가오는 것을 확인하며 번개처럼 한 발 앞으로 나가더니 섭선을 잘라 버렸다.

팍!

잘린 섭선이 솟구쳤고, 지본소의 신형이 뒤로 밀려나는 듯 보이더니 어느새 진파랑에게 더욱 가까이 접근하며 안면을 좌장으로 쳐왔다. 진파랑은 신형을 우측으로 살짝 비틀며 지본소의 좌장을 피한 뒤 도 등으로 그의 뒤통수를 쳐 내렸다.

지본소가 신형을 옆으로 피하며 진파랑의 도를 피하더니 기다렸다는 듯 그의 좌측 허리를 우장으로 다시 쳐왔다. 진파랑은 어이없다는 듯 지본소를 향해 좌수를 뻗어 그의 어깨를 잡아챘다.

놀란 지본소가 자신의 왼 어깨를 잡은 진파랑의 손을 오른손으로 잡으며 허리를 돌려 빠져나오더니 쌍장으로 진파랑의 가슴을 때렸다. 그때 지본소의 얼굴로 빛이 번뜩였고, 퍽 하는 소리와 함께 그의 신형이 활처럼 뒤로 휘어지더니 밀려 나갔다.

"큭!"

지본소는 터진 입술을 소매로 훔치면서도 미소를 잃지 않았다. 그의 그러한 모습은 기괴했으나 투기는 오히려 더욱 커졌다.

"진 형 손에 죽은 본 성의 무사들만 백은 넘는데 이렇게 편안하게 서 있을 수 있다니 참으로 놀랍소. 이게 다 본 성의 넘치는 명예 때문에 그런 것이 아니고 무엇이겠소? 하나 과연 언제까지 그럴 수 있을 것 같소이까?"

지본소는 선동적인 말을 하였고, 진파랑은 그 의도를 파악한 듯 인상을 찌푸렸다. 지본소는 사람들을 선동해 지금의 대치 상태에서 큰 변화를 주려 한 것이다.

"원수를 눈앞에 두고도 이렇게 서 있어야 하다니 너무 억울한 일이 아니오? 내 동료가 죽었고 내 형제들을 죽인 놈이 이렇게 서 있는데 왜 가만히 서 있어야 한단 말이오?"

지본소는 큰 목소리로 말한 뒤 진파랑을 향해 강한 살기를 보이고 다시 말했다.

"내 동료들을 죽였으니 오늘 그 원수를 갚을 것이오. 그래 야 편히 잠들 것 같소이다."

쉭!

바람 소리와 함께 지본소의 신형이 허공을 뛰어넘어 진파 랑의 머리 위 백회혈을 노리고 검을 찔러왔다. 언제 빼 들었 는지 모를 연검이 휘리릭거리며 팔랑거렸고, 금방이라도 진 파랑의 머리를 찌를 것 같았다. 하지만 진파랑의 도가 백광을 일으키며 지본소의 검을 쳐냈다. 그 순간 우측에 도열한 무인 들 사이에서 검은 그림자가 튀어 올랐다.

"죽여 버린다!"

커다란 외침과 함께 날아든 검은 인영은 진파랑의 목을 노 리고 검을 내밀었으며, 그 비쾌함에 진파랑의 도가 매우 빠르 게 회전했다.

땅!

금속음이 들렸고, 뒤로 물러선 전 금마당의 당주인 사우령 은 살기를 뿌리며 처음보다 배는 빠르게 진파랑의 허리를 베 어갔다.

쉬악!

바람을 가르는 검 소리가 서늘하게 들렸고, 진파랑은 인상을 찌푸리며 그의 검을 쳐냈다. 진파랑의 도력에 눌린 사우령은 뒤로 밀려 나갔지만 아랑곳하지 않았다. 그의 목적은 진파랑을 죽이는 것이기 때문이다.

자신의 안위는 안중에도 없는 그의 기세는 사나웠다. 진파랑은 서쪽 하늘을 잠시 바라보았다. 붉은 노을이 이제는 검은색으로 변하기 시작했다.

'너무 이른 거 아닐까?

자신이 원한 시간은 밤이었는데 벌써부터 진짜 싸움이 시작될 것 같아 보이자 아쉬운 마음이 들었다. 그때 좌측에서 붉은 그림자가 허공으로 뛰어올라 진파랑을 향해 십여 개의 비수를 던졌다.

"원수!"

쉬쉬쉭!

직선으로 날아가는 비수가 경쾌한 바람 소리를 만들어내자 진파랑의 얼굴이 굳었다. 비수와 함께 앞에서 지본소의 연검이 명치를 향해 날아오고 있었기 때문이다. 거기다 하체를 노리고 사우령의 검이 베어오고 있다.

"흠!"

진파랑은 그들이 만들어낸 합격술에 놀라면서 삼면의 공

격 중 하나를 선택했다. 날아드는 비도였다.

쉬쉬쉭!

진파랑은 처음으로 뒤로 이 보 물러서며 비도를 쳐냈다.

따다다당!

십여 개의 비도가 진파랑이 만든 도기에 부딪쳐 바닥에 떨어졌으며, 진파랑의 신형이 환영과 함께 이 보 물러서 있었다.

"오!"

진파랑의 움직임이 처음으로 사람들의 눈에 보였고, 그 그림자로 지본소의 검이 여전히 찔러오고 있었다. 지본소는 진파랑이 물러설 것이라 생각한 듯했다. 그리고 사우령도 방향을 바꾸어 진파랑의 하체를 노렸다. 또한 진파랑의 머리 위로는 붉은 홍영이 떨어지고 있다.

홍영의 그림자는 여자였는데, 그녀의 손에는 걸린 두 개의 비수가 진파랑의 양어깨를 향했다.

"내 동생을 죽였으니 네놈도 죽어야 한다!"

홍영의 외침 소리와 함께 진파랑의 신형이 우측으로 돌면서 지본소와 사우령의 검을 쳐냈고 비수 또한 피했다. 그때 그의 이마로 화살 한 대가 나타났다. 지붕 위에 서 있던 궁수 중 한 명이 날린 화살이었다.

가장 앞에 서 있던 궁수인 장동은 변양도의 제자였으며 그의 죽음을 가장 슬퍼한 인물이었다.

진파랑이 표정을 굳히며 좌수를 움직여 화살을 쳐냈다. 손등으로 쳐낸 화살이 힘을 잃고 떨어지는 찰나에 지본소의 검이 어깨를 찍어왔다. 진파랑은 도를 들어 검을 쳐냄과 동시에 좌수로 지본소의 가슴을 쳐갔다. 하지만 사우령이 그 틈으로 옆구리를 찔러오자, 진파랑의 신형이 더욱 빠르게 좌측으로 이동했다.

둘의 공격을 한순간에 모두 피한 것이다. 그 순간 짙은 홍영이 진파랑의 어깨를 단검 두 개로 찔러왔다.

진파랑의 신형이 흔들리며 빛이 피어났다.

쾅!

"아악!"

홍영이 피를 토하며 뒤로 십여 장이나 날려갔고, 그 모습에 주변 무사들의 동공이 커졌다.

커진 동공에는 살기가 피어나고 있었다. 바닥에 쓰러진 홍영이 비틀거리며 일어섰다.

"우엑!"

마옥은 오른 어깨를 부여잡으며 일어섰는데 그녀의 상반신은 피에 젖어 있었다. 진파랑의 도기를 검으로 막았지만 다 막지 못하고 어깨가 베인 것이다.

과거 백천당의 당원이던 마룡의 누나인 마옥은 어깨의 아픔조차 모르는 듯 여전히 드센 살기를 뿌리며 진파랑을 향해 달려들었다.

따다당!

진파랑은 사우령과 지본소를 밀어냄과 동시에 날아드는 마옥을 향해 도를 뻗었다. 그 순간 마옥이 단도를 내밀어 진파랑의 목을 노렸고, 동귀어진의 수법을 펼쳤다.

진파랑의 도에 베여도 좋다는 그녀의 행동에 진파랑은 인상을 찌푸리며 뒤로 번개처럼 물러섰다.

쉬쉭!

진파랑의 신형이 일 장이나 뒤로 물러서자 지본소가 웃으며 검을 뻗었다.

"천하의 진파랑이 겁을 먹은 것이오? 왜 도에 사정을 두시오? 죽이지 못하면 죽을 것이오."

쉭!

지본소가 번개처럼 진파랑의 목을 노리고 검을 베었으며, 사우령이 다시 등 뒤로 돌아갔다. 진파랑은 인상을 찌푸렸고, 마옥이 다시 동귀어진의 수법으로 날아들었다.

"죽어라!"

마옥이 외쳤고, 그녀의 행동에 주변에 서 있는 무사들의 눈동자가 다시 변하기 시작했다. 또한 그들의 투기가 커졌으며 그 사이로 살기가 피어나기 시작했다.

그때 대전의 앞에 앉아 있던 인물 중 한 명이 자리에서 일어나 진파랑을 향해 날아들었다.

"목을 내놓거라!"

죽은 석청림의 친구이자 호법원의 신위인 조병이었다. 사십 대의 중년인인 그는 검을 빼 들고 진파랑을 향해 일직선으로 날아들었다. 신검합일의 모습이다.

진파랑은 날아드는 지본소의 검을 힘주어 쳐냈다.

쾅!

그의 도기가 만들어낸 강한 반탄력에 지본소가 뒤로 십여 장이나 밀려나갔고, 그의 어깨에 도기의 흔적이 스쳤다. 피가 튀며 지본소의 표정이 굳어졌다. 하지만 그는 곧 밝은 표정으로 미소를 입가에 걸었다.

따다당!

사우령의 검을 뒤로 튕겨낸 진파랑은 십여 개의 도기를 사우령에게 날렸다. 그가 모두 막으면서 물러서기를 바랐다. 사우령은 진파랑의 도기를 재빠르게 막으며 오 장이나 밀려 나갔고, 그 사이로 마옥의 단도가 미간을 향해 오는 것이 보였다.

진파랑은 마옥의 단도를 피해 좌측으로 삼 장이나 움직였고, 그 찰나 신검합일을 한 조병의 빛 무리가 날아들었다.

진파랑은 신검합일의 조병을 피할 수 없다는 것에 인상을 찌푸리며 도강을 가볍게 펼쳤다.

콰쾅!

빛 무리가 크게 일어나며 강한 바람이 사방으로 회오리쳤다. 그 사이로 조병의 신형이 허공으로 솟구쳐 뒤로 날려갔다.

이십 장이나 날려간 것이다. 다시 대전의 계단 끝에 내려선 조병은 가슴을 부여잡고 기침을 하며 굳은 표정을 보였다.

"놀라운 놈이로군."

중얼거리는 조병의 눈에 피를 뿌리며 달려드는 마옥의 모습이 보였다. 진파랑은 마옥의 단도를 다시 피했고, 그 모습에 주변에 서 있던 수많은 무사들이 일제히 소리쳤다.

"와아아아!"

거대한 함성 소리는 진파랑의 귀를 어지럽히고 마옥의 투기를 더욱 높여주었다. 진파랑은 여전히 동귀어진으로 달려드는 마옥의 단도를 옆으로 피한 뒤 그녀의 견정혈을 좌장으로 눌렀다.

픽!

"큭!"

마옥이 입에서 신음성을 터뜨리더니 바닥에 쓰러졌다. 그 순간 사우령의 검이 진파랑의 목을 찔렀다.

진파랑은 빙글 회전하며 우측으로 피했고, 좌장으로 사우령의 옆구리를 때렸다.

퍽!

둔탁한 소리와 함께 사우령의 신형이 꺾이더니 바닥을 굴렀다. 그는 비틀거리며 일어났는데 옆구리를 만지며 인상을 찌푸렸다. 머리는 헝클어져 있으며 투기는 더욱 거대하게 발산되고 있었다.

지본소가 정면에서 검을 늘어뜨린 채 서 있었는데 그의 표정이 기묘해 웃고 있는 것인지 울고 있는 것인지 알 수가 없었다.

"네놈은 나와 맞지가 않아."

진파랑이 지본소를 향해 말하자 지본소가 미소를 던졌다.

"나도 그래."

쉭!

지본소의 머리를 넘고 조병의 신형이 날아들었다. 그의 머리 위로는 검은 점이 하나 반짝였다. 화살이었다.

진파랑은 앞으로 한 발 나서며 화살을 쳐냄과 동시에 한 바퀴 회전하는 듯하더니 강력한 도풍을 전방으로 뿌렸다.

쉬아아악!

강풍이 불었고, 흙먼지와 함께 강한 도풍이 십여 장을 집어삼켰다. 달려들던 조병도 신형을 멈추고 도풍을 막았으며, 지본소와 사우령도 물러섰다.

그때 비틀거리며 일어선 마옥이 진파랑의 후두부를 향해 비수를 던졌다.

휙!

불과 일 장의 거리였고, 진파랑의 후두부로 빛살처럼 비수가 박히는 것 같았다. 진파랑의 신형이 잔상과 함께 흔들린 것도 그때였다.

휘릭!

진파랑의 백옥도가 비수를 쳐냄과 동시에 달려드는 조병의 검을 막으려 했다. 마옥은 빛과 함께 자신의 비수가 바닥에 떨어지자 냉큼 일어나 진파랑의 허리를 향해 우장을 펼쳤고, 그 행동이 진파랑의 곁눈에 들어왔다.

조병의 검이 매우 빠른 속으로 진파랑의 단전을 향해 다가오고 있었기 때문에 진파랑은 쾌도를 펼쳐 도기와 함께 조병의 검을 쳐냄과 동시에 좌장으로 마옥의 명치를 가격했다.

퍽!

"아악!"

피를 토하며 뒤로 날려가는 마옥의 모습에 천문성의 무사들이 술렁였다. 그들의 살기가 마치 큰 파도처럼 일어나는 것 같았고, 분노의 그림자가 금방이라도 담을 뚫고 나올 것만 같았다.

땅!

금속음과 함께 검이 위로 솟구쳤고, 검을 들고 있는 조병의 신형이 멈췄다. 하지만 그는 어금니를 깨물며 전신 기혈이 뒤틀리는 고통을 참으며 멈춰 있던 신형을 앞으로 움직여 들고 있던 검으로 진파랑의 왼 어깨를 내려쳤다.

픽!

조병의 왼 가슴을 뚫고 나온 백옥도의 끝에는 핏방울이 붉은 색을 반짝이며 흘러내리고 있었다.

조병을 눈을 부릅뜬 채 무심하게 자신을 쳐다보는 진파랑의 얼굴을 보았고, 오른팔이 위로 꺾여 위로 올라간 것을 확인했다.

진파랑의 왼손이 어느새 앞으로 튀어나와 조병의 오른 팔목을 뒤집어 꺾은 뒤 검날이 하늘로 향하게 한 것이다. 진파랑은 여전히 그 자리에 서 있었고, 조병의 몸에서 흘러나온 피가 바닥을 적시고 있었다.

"우욱!"

피를 토한 조병은 한 발 앞으로 나섰고, 진파랑의 도가 더욱 그의 가슴으로 빨려들어 갔다. 조병은 오른손을 뻗어 진파랑의 소매를 잡으려 했지만 그 순간 진파랑은 뒤로 두 발 물러나 도를 뽑아 들었다.

"크아악!"

조병의 비명성이 크게 울렸고, 그의 전신이 크게 흔들리기 시작했다. 조병은 고통을 참으며 크게 웃었다.

"하하하하!"

그의 웃음소리는 광기에 물들어 있었으며 붉게 충혈된 눈은 곧 진파랑을 향했다.

"천문성의 무사는… 죽음을 두려워하지 않는다……."

털썩!

그의 신형이 힘없이 바닥에 주저앉았다.

진파랑은 굳은 표정으로 조병의 시신을 쳐다보았고, 삽시간에 주변 공기가 광기에 물드는 것을 느꼈다.

정적은 짧았다.

"꿀꺽!"

진파랑의 목을 타고 마른침이 넘어갔다. 그 순간 하늘로 솟구치는 괴성이 그의 귀를 때렸다.

"우와아아아아아!"

아까의 함성과는 다른 색깔의 악에 받친 괴성이 터져 나왔고, 누가 먼저라고 할 것도 없이 가장 앞에 있는 무사들부터 진파랑을 향해 개미 떼처럼 몰려들었다.

"후우……."

진파랑은 깊은 숨을 내쉬었다. 자신을 향해 헤아릴 수 없는 수의 무사들이 몰려오는 게 눈에 들어왔지만 긴장되지는 않았다. 왜 그런 것일까? 이미 예상했기 때문일까?

진파랑은 고개를 들어 하늘을 보았다.

저녁노을은 거의 사라졌고, 붉은 하늘을 대신해 검은 세상이 밀려오고 있었다.

'과연 내일까지 버틸 수 있을까?'

자기 자신에 대한 의심이 들었다. 하지만 버텨야 했다. 그리고 이겨야 했다.

"흡!"

숨을 마시자 그 순간 그의 전신에서 강력한 바람이 사방으로 휘몰아쳤다. 순식간에 구층연심공을 육 단계까지 끌어 올렸으며, 언제라도 칠 단계로 갈 수 있게 내력을 모았다.

짧은 순간의 일이었고, 그의 전신에서 피어난 강한 바람과 함께 진파랑의 신형이 앞으로 한 발 나서며 거대한 파도를 만들었다.

쉬아아아악!

강한 바람과 함께 피어난 피 보라가 전방을 가득 채웠고, 삽시간에 원형을 이루며 사방으로 퍼져 나갔다.

피 보라가 마치 파도처럼 사방으로 휘몰아친 뒤 붉은 안개가 허공으로 솟구쳤고, 마치 비처럼 연무장을 휘감고 돌았다.

"헉!"

놀란 간부들이 자리를 박차고 일어섰으며, 문대영은 주먹을 움켜쥐었다. 피 보라와 함께 수십 명의 수하들이 죽어나갔기 때문이다.

"혈풍……."

신주주의 목소리가 살짝 떨려 나왔다.

비명은 없었다. 진파랑을 중심으로 십여 장 안에 있던 사람들은 모두 눈을 부릅뜬 채 피 보라가 전신에 튀는 것을 봐야 했고, 짙은 피비린내를 맡으며 쓰러져 갔다.

육십이 넘어 보이는 무사들이 한순간에 죽었으며, 그들의 시신이 바닥을 메웠다.

또다시 정적이 찾아왔다. 피 보라가 일어난 것을 모두 목격했기 때문이다. 그것은 공포의 바람과도 같았고, 복수심과 증오심을 한순간에 차갑게 식게 만드는 얼음과도 같았다.

"후욱! 후욱!"

거친 숨소리가 울렸고, 진파랑의 귀에도 그들의 호흡 소리가 들렸다. 진파랑의 눈에 십여 장 정도의 거리에 서 있는 수백의 무리가 보였다. 물론 그 무리는 좌측과 우측에도 있었으며 뒤에도 있었다.

그 수는 분명 천이 넘을 것이고 끝이 없을 것이다. 끝없는 싸움이 시작된 것이다.

진파랑을 쳐다보던 무사들은 식은땀을 흘리며 긴장된 표

정으로 서 있었다. 그러던 어느 순간 죽은 동료들의 얼굴이
눈에 밟히자 또다시 광기에 젖기 시작했다. 자신의 목숨은 안
중에도 없었다. 지금 필요한 것은 오직 하나, 진파랑의 피였
다.

"으아아악!"

"죽어라!"

"괴물 같은 새끼! 죽여 버린다!"

외침성과 고함성이 뒤섞인 가운데 수많은 천문성의 무사
들이 진파랑을 향해 광기를 폭발시키며 다시 밀려들었다.

그들은 누구의 명령도 필요가 없었으며 순수하게 자신의
의지대로 움직이는 이들이었다. 동료의 복수는 그들의 명령
조차도 뛰어넘을 수 있는 기폭제가 되었다.

이러한 결과를 예견했기 때문에 살인을 피하려 한 것이다.

진파랑은 좌측으로 신형을 틀며 혈소풍을 펼쳤다.

쉬아아아악!

강력한 도기의 바람이 달려드는 무사들을 덮쳤으며, 그들
의 몸을 뚫고 나간 바람에는 피가 실려 있었다.

츄아아악!

피 보라가 한순간에 수십 명의 사람들을 뚫고 나가 뒤에서
달려오던 무사들을 덮쳤다. 피의 파도는 멈추지 않았으며, 진
파랑의 신형은 다시 회전하며 반대편의 무사들을 덮치고 있

었다.

그의 혈소풍은 무형의 바람 같은 도강이었으며 도풍과는 전혀 다른 성질을 가지고 있었다. 막는 것은 불가능했다. 그것이 진파랑의 생각이었다.

"크아아악!"

비명성이 메아리치며 범위에 반쯤 들어와 있던 무사들의 몸이 잘려 나갔다. 혈소풍을 제대로 맞은 무사들은 피를 뿌리며 바닥에 쓰러졌고, 고통에 찬 신음성은 더욱 큰 광풍을 몰고 왔다.

"죽여 버린다!"

또다시 무사들은 달려들었고, 진파랑은 신형을 돌려 전방을 압박하는 무사들을 향해 뛰쳐나가며 혈소풍을 펼쳤다. 강력한 피 보라가 사방으로 튀었고, 한순간에 무사들이 쓰러져 나갔다. 그 사이로 대전 앞에 서 있는 문대영이 보였다.

"이놈! 진파랑!"

문대영은 분노한 표정으로 신주주의 손에 들린 검을 빼 들고 허공을 날아왔다. 수하가 족히 이백 이상이 죽어나갔기 때문에 분노를 참지 못한 것이다.

쉬아아악!

문대영의 검이 빛과 함께 거대한 섬광을 뿌리고 날아들었다.

날아드는 문대영을 확인한 진파랑은 재빨리 원형을 그리며 사방으로 유형의 도기를 뿌렸다.

쉬아아악!

강한 바람이 달려들던 무사들을 덮치며 그들의 걸음을 멈추게 하였다. 그중에 도기를 피하지 못한 무사들이 피를 뿌렸고, 진파랑은 전방에서 날아든 문대영의 섬광을 향해 십살풍을 날렸다.

콰쾅!

폭음과 함께 순식간에 사방으로 먼지구름이 피의 안개와 함께 흩어졌으며, 천문성의 무사들이 뒤로 물러섰다. 강력한 반탄강기가 그들의 살을 구기고 따가운 아픔을 전해주고 있었다. 그 경기를 이겨내는 것은 쉬운 게 아니다.

따다다당!

먼지구름 사이로 두 사람의 그림자가 흐릿하게 보였으며, 빛과 빛이 번뜩이고 있다.

쾅!

폭음성과 함께 연무장을 가득 메운 먼지구름이 허공으로 솟구쳤으며, 한순간 주변을 청소한 듯 시야가 깨끗하게 변했다. 그 속에 진파랑과 문대영이 서 있었다.

쓰러진 시신들 사이에 서 있는 문대영은 차가운 표정으로 어금니를 깨물고 있었다. 진파랑은 문대영의 검을 직접 맞대었기 때문에 그의 무공이 대단하다는 것을 느끼고 있었다.

그가 도를 들고 있는 자신의 오른손이 저릴 정도로 강하게 밀고 들어왔기 때문이다. 그럴 수 있는 고수는 흔하지 않았다. 그건 경험으로 알 수 있었다.

"네놈의 살을 가르고 뼈를 발라 죽은 본 성의 무사들을 위로할 것이다."

문대영의 낮은 목소리에는 힘이 실려 있었다.

"쉽지 않을 것이오."

진파랑은 여전히 같은 표정이었고, 수많은 사람이 죽었음에도 불구하고 피 한 방울 묻지 않은 상태였다. 그 깨끗함이 문대영은 마음에 들지 않았다.

*   *   *

"와아아아!"

광기 어린 외침은 천문성 전체에 퍼졌고, 대전 너머 의사청에도 그 소리는 들려왔다. 작은 의사청의 중앙에는 문홍립이 앉아 있었다. 그는 함성에 감은 눈을 뜨고 주변을 둘러보았다.

문홍립을 중심으로 원형의 탁자 주변에 이십여 명의 인물이 앉아 있었는데 장년인부터 백발의 노인까지 다양한 연령

대로 보였다.

전혀 다른 성격의 함성 소리는 긴장감을 전해주었고, 그 사이로 고함 소리와 수많은 무사가 움직이는 소리까지 들려왔다.

"시작이군."

문홍립의 입술에서 흘러나온 한마디가 방 안에 울렸다. 그 우측에 앉은 태상장로 홍혁성은 미미하게 고개를 끄덕이며 수염을 만졌는데 수심이 가득 찬 표정이다.

문홍립의 좌측에는 백발의 노인이 앉아 있었는데 작은 키에 괴팍해 보이는 인상이다. 그가 짧은 숨을 내쉬며 말했다.

"이제 강호에서 진파랑을 모르는 사람은 없을 것이오."

투덜거리는 것일까? 문홍립은 슬쩍 노인을 쳐다보았다. 노인이 다시 말했다.

"그자에게 정도를 내세워 명예를 지키는 것은 이 정도면 충분하오. 사시까지라니… 언제부터 우리가 원수에게 아량을 베풀었단 말이오?"

그는 진파랑과 사시까지 버티면 된다고 약속한 것에 불만이 있었다. 목을 잘라야 했기 때문이다.

"그 일은 총군이 정한 것이니 인정해 줍시다."

홍혁성이 조용히 말하자 노인은 더 이상 입을 열지 않았다. 그때 홍혁성의 우측에 앉은 반백의 중년인이 일어섰다.

"저는 가봐야겠습니다."

"석 동생."

문홍립이 일어난 석무도를 향해 시선을 던졌다. 건장한 체격에 이목구비가 뚜렷한 석무도는 천문성에서 다섯 손가락에 들어가는 강자였으며 누구보다 창술에 능한 인물이었다.

"그자의 손에 죽은 식구들이 많습니다. 그런데 이대로 가만히 앉아 있어야 하다니요. 아무리 장천사를 기다려야 한다지만 저는 그러지 못하겠습니다."

"흠……."

문홍립은 석무도의 마음을 이해하는 듯 짧은 숨을 내쉬며 고개를 끄덕였다.

"좋을 대로 하게나."

"예."

석무도는 대답 후 조용히 밖으로 나갔다. 그가 나가자 깊은 정적이 방 안을 맴돌았다. 잠시의 시간이 흐른 뒤 '쾅!' 하는 폭음성이 들리자 문홍립은 다시 입을 열었다.

"또 나갈 사람 있는가?"

슥!

세 사람이 일어섰다. 모두 진파랑과 원한이 있는 자들이었고, 그들은 문홍립을 향해 포권하며 천천히 밖으로 나갔다.

쾅!

더욱 뚜렷한 폭음성과 바람 소리가 그들의 귓가에 들렸지만 움직이는 사람은 없었다. 진파랑이 끝나면 장천사가 남아 있었기 때문이다.

*　　　*　　　*

연무장이 한눈에 내려다보이는 칠 층 전각의 육 층 그늘 밑에는 청란이 숨어 있었다. 그녀는 숨조차 멈춘 것처럼 조용히 연무장을 바라보며 가슴을 졸이고 있었다.

파상 공세로 전환된 천문성의 무사들은 그 기세가 하늘을 찌를 것처럼 보였다. 하지만 피의 안개가 솟구치자 청란의 표정 역시 변했다. 놀라웠기 때문이다. 하지만 놀라움을 표현하지는 않았다. 그녀의 밑에 층에 사람의 그림자가 있었기 때문이다.

전각의 오 층 안에는 마치 자기 집이라도 되는 것처럼 청풍과 정심이 앉아 있었다. 둘은 창문을 열어놓고 연무장을 내려다보며 차를 마시고 있었다.

"대단하군."

청풍은 진심 어린 목소리로 말했고, 그 맞은편에 앉은 정심도 진파랑의 혈소풍을 구경했기에 고개를 끄덕였다.

"앞으로 어떻게 될 것 같습니까?"

"진 소제가 죽든가 천문성이 항복을 하든가 둘 중 하나겠지."

청풍은 정심의 물음에 당연하다는 듯 대답했다. 그때 발소리와 함께 문이 열렸다.

드륵!

문을 열고 들어온 인사각의 무사는 처음 보는 두 사람이 앉아 있자 매우 놀란 듯 눈을 크게 떴다. 이곳은 아무나 함부로 들어올 수 없는 곳이기 때문이다.

"어? 누……."

퍽!

"캑!"

무사가 쓰러졌고, 그 뒤에는 청풍이 서 있었다. 무사가 들어오는 순간 뒤로 이동해 뒤통수를 친 것이다. 쓰러진 무사를 침상 옆으로 치운 청풍은 다시 의자에 앉아 연무장을 쳐다보았다.

침상 곁에는 다섯 명의 무사가 쓰러진 채 잠을 자고 있었다. 모두 청풍과 정심의 손에 당한 무사들이었다.

"전망이 좋은 곳이라 그런지 손님이 많구만."

"그러게요."

청풍의 중얼거림에 정심이 다시 차를 따라 마시며 대답했다.

쾅!

강렬한 폭음성은 사방을 진동시켰고, 깨진 청석 바닥이 돌풍과 함께 암기처럼 퍼져 나갔다.

"피해!"

"물러서라!"

여기저기서 외침성이 터졌으며, 연무장을 메운 무사들이 뒤로 물러나 날아드는 돌 조각을 막거나 피했다. 하지만 제대로 피하지 못한 무사들도 있었으며, 그들은 비명과 함께 쓰러졌다.

뒤에 있던 동료들이 쓰러지거나 다친 무사들을 데리고 뒤로 이동했고, 병장기 소리를 들으며 짙은 먼지구름 속에 있는 문대영과 진파랑을 찾으려 했다.

쉬아아악!

먼지구름이 하늘로 솟구치더니 사방으로 흩어졌다. 환하게 변한 연무장에는 진파랑과 문대영이 마주 보고 서 있었다.

아까와 다른 점이 있다면 문대영의 머리카락이 헝클어져 있다는 점이다. 그는 휘날리는 앞머리를 뒤로 넘기더니 인상을 찌푸렸다. 뒤로 넘겨도 다시 앞으로 내려왔기 때문이다. 검을 바닥에 꽂은 그는 소매를 찢더니 머리카락을 뒤로 넘겨 말 꼬랑지처럼 묶었다.

"이런 머리도 오랜만에 해보는군."

문대영은 슬쩍 미소를 보였고, 진파랑도 휘날리는 머리카락을 뒤로 넘겨 묶었다. 진파랑의 얼굴에는 꽤 오랜 시간 동안 싸웠으면서도 피곤한 표정이 없어 보였다. 하지만 그의 소맷자락은 찢겨 나가 있었으며 양 팔뚝에는 검에 긁힌 상처가 십여 개 보였다. 모두 스친 상처들이고 깊이 베인 것은 없었다.

모두 문대영의 검강을 견디다 생긴 상처였다.

"아프군."

문대영이 왼 어깨를 으쓱거리며 말했다. 그의 왼 어깨에 작은 흉터가 생겼기 때문이다. 그 흉터는 진파랑의 도가 스친 상처로 붉은 선혈이 보였다. 그의 왼 허리에도 옷이 베인 상처가 있었으며 그곳에서도 피가 흐르고 있었다.

진파랑의 오른 허벅지에도 상처가 있었는데 문대영의 검강에 스친 것이다. 살짝 베인 자국이고 긁힌 정도의 외상으로 보였다.

문대영은 발밑에 널브러진 시신들을 둘러보다 안쓰러운 표정으로 말했다.

"죽은 자들은 모두 수습하고 싶은데?"

"그러시오."

진파랑이 대답하자 문대영이 사방을 둘러보며 다시 말했다.

"시신을 수습하고 치우거라."

그의 목소리가 끝나는 순간 수많은 무사들이 일제히 나와 시신을 옮겨 갔다. 아주 짧은 시간에 일어난 일이었고, 순식간에 모든 시신이 사라졌다. 그 자리에는 붉은 핏자국만이 좀 전에 일어난 싸움의 증거로 남아 있을 뿐이다.

"네 명성이 과대평가된 것은 아니었구나."

"적혈신군(赤血神君)이란 별호만큼 총군의 위명과 무공은 대단하오."

문대영은 진파랑의 말에 슬쩍 미소를 던졌다. 그건 살기로 진파랑을 죽이겠다는 의지로 보였다.

문대영의 검이 밝게 빛나며 좀 전과 달리 날카로운 바늘 같은 기운을 뿌리기 시작했다. 천문오검의 이검인 섬광검(閃光劍)에서 삼검인 비탄검(飛彈劍)으로 바꾼 것이다. 지금까지 진파랑을 상대하면서 일검인 독로검(獨路劍)과 이검인 섬광검을 혼합해서 펼쳤으나 진파랑은 그것을 모두 막아낸 상대였다.

문대영이 삼검까지 쓰는 상대는 그리 흔하지 않았으며, 문대영 본인도 삼검까지 무공을 펼친 적이 거의 없었다. 사검은 아직 제대로 익히지 못한 상태였으며 오검은 현 성주인 문홍립만이 대성한 상태였다.

문대영은 천문오검의 삼검과 함께 문씨만이 익힌다는 비

성검을 대성한 인물이었다. 비성검 역시 거의 펼친 적이 없었다. 하지만 오늘 펼쳐야 할지도 모른다고 생각했다.

진파랑은 문대영의 기운이 커지자 칠성의 내력을 끌어모으며 전신의 근육을 팽팽하게 당겼다. 그의 도가 반짝였고, 문대영이 먼저 움직였다.

쉭!

문대영의 신형이 사라짐과 동시에 수백 개의 작은 점이 마치 조약돌이 날아오는 것 같은 모습으로 나타났다. 빛 덩이의 크기는 작았으나 눈앞의 공간을 가득 메웠다. 그 수는 셀 수가 없었으며 규칙이 있는 것으로 보이지는 않았다.

진파랑은 혈소풍을 펼치며 강력한 빛을 뿌렸다.

콰쾅!

수백 개의 점이 혈소풍의 도강에 부딪쳤고, 그 뒤로 연이어 다시 나타났다. 진파랑은 회전하며 십살풍을 펼침과 동시에 우측으로 강마풍을 펼치고 들어갔다.

쉬아아악!

빛 무리가 파도처럼 청석 바닥을 깨버리며 날아가자 어느새 우측으로 움직이던 문대영은 비탄검을 날리며 허공으로 솟구쳤다. 진파랑의 고개가 올라가며 극살풍을 펼치기 위해 도를 움직였다. 그 순간 그의 눈에 문대영의 검이 보이지 않았다.

쉬아악!

'이기어검!'

진파랑의 등으로 소리 없이 검이 하나 나타났는데 금방이라도 그의 등을 뚫을 듯 보였다. 진파랑의 신형이 돌면서 검을 쳐냄과 동시에 고개를 들었다.

땅!

강렬한 금속음이 울렸고, 허공으로 솟구친 검을 잡은 문대영의 좌장이 진파랑의 백회혈을 향하며 강력한 장풍이 날아들었다. 진파랑은 뒤로 피함과 동시에 십살풍을 날렸고, 문대영은 다시 한 번 검강을 뿌렸다.

쾅!

폭음성과 함께 문대영의 신형이 어느새 땅으로 내려섰다. 그 찰나 진파랑의 그림자가 순식간에 문대영을 향해 날아들었고, 백색 파도가 문대영의 허리를 잘라 버릴 듯 밀려 나갔다.

"이놈!"

문대영은 괴성과 함께 진파랑의 도를 막으며 앞으로 나섰고, 강력한 빛 무리가 번뜩이더니 두 사람의 신형이 부딪쳤다.

콰쾅!

폭음과 함께 강한 강기의 바람이 파편처럼 변하여 사방으로 퍼져 나갔다.

"큭!"

진파랑은 신음과 함께 뒤로 십여 걸음이나 물러섰고, 문대영은 계단까지 밀려 나갔다.

"우웩!"

피를 토한 문대영은 소매로 입술을 훔치며 진파랑을 향해 강한 살기를 던졌다. 그는 검을 다시 한 번 굳게 움켜잡았다. 그 순간 '쩌정!' 하며 그의 검이 산산이 부서져 바닥에 떨어졌다. 그 모습에 문대영은 고개를 돌려 외쳤다.

"내 검을 던져라!"

문대영의 외침과 함께 검이 하나 떨어지자 문대영은 재빨리 손잡이를 잡고 뽑았다.

휭!

강한 검기의 바람이 진파랑을 향해 날아들었다. 진파랑은 재빨리 뒤로 물러나 검기를 쳐냈다. 그때 문대영의 옆으로 석무도가 나타났다.

"좀 쉬게, 총군."

"석 장로님."

문대영은 굳은 표정으로 어느새 옆에 나타난 석무도를 쳐다보았다. 그는 굳은 표정으로 살기를 보이며 진파랑을 쳐다보고 있었다.

"아직 제 싸움은 끝나지 않았습니다."

문대영은 강한 살기를 보이며 호흡까지 거칠어져 있었다. 상당히 분노한 표정이었고 금방이라도 진파랑을 찢어 죽일 기세로 보였다. 석무도가 차갑게 말했다.

"총군인 자네가 그렇게 다치면 되겠나? 본 성의 명예를 위해서라도 자제하게나."

석무도의 말을 들은 문대영은 어금니를 깨물며 분노를 가라앉히기 위해 노력했다. 그의 말처럼 총군인 자신이 꼴사나운 모습을 보일 수는 없었다. 거기다 상대는 자신의 무공과 겨루어볼 때 절대 뒤떨어지는 인물이 아니었다. 그것을 실감하고 있었다.

'패배를 한다면…….'

문대영은 자신이 패한다면 진파랑의 명성은 더욱 높아질 것이고 천문성의 위신을 땅에 떨어질 것이라 여겼다. 죽은 아들의 복수보다 천문성의 위신을 생각해야 한다는 사실이 가슴을 때렸지만 참아야 했다.

"예."

문대영은 대답 후 검을 거두며 다시 계단을 올라갔다. 그가 올라가는 소리를 들으며 석무도는 진파랑에게 다가갔다.

그의 전신에서 퍼지는 날카로운 기도는 진파랑을 긴장하게 만들기에 충분했다. 문대영과 다른 기운이었고 사나우며 한기까지 흐르는 것 같았다.

"석무도라 하네."

진파랑은 청룡검객 윤청학과 함께 거론되던 석무도의 이름을 기억하고 있었다. 그가 천문성의 장로이며 과거에는 강남 무림을 주름잡던 고수라는 것도 알고 있었다.

추혼신창(追魂神槍) 석무도.

"뵙게 되어 영광이오."

진파랑은 가볍게 포권하며 도를 고쳐 잡았다. 그러자 석무도의 옆으로 무사 한 명이 창을 가져왔다. 석무도는 오 척의 장창을 손에 쥐고는 살기 어린 미소를 보였다.

"잘 싸워주길 바란다."

쉭!

말과 함께 석무도는 번개처럼 창을 내밀며 앞으로 나섰고, 날카로운 창끝이 회전하는 것 같더니 수십 개로 늘어나 진파랑을 찔렀다. 전후좌우로 휘어지는 곡선이 진파랑의 눈을 어지럽히며 마치 수십 마리의 뱀이 입을 벌리고 날아오는 것만 같았다.

쉬쉬쉬쉭!

공기를 가르는 바람 소리가 뱀이 만드는 소리처럼 들렸고, 날카로운 기운은 주변의 모든 것을 찢어버릴 것만 같았다.

진파랑은 그 안으로 한 발 들어서며 혈소풍을 펼쳤다.

쉬아악!

강한 바람과 함께 도강이 펼쳐지며 수십 개의 뱀을 쳐내고 있었다. 하지만 혈소풍을 막으며 창끝이 찔러오자 진파랑의 표정이 굳었다. 혈소풍을 모두 막으면서 공격해 온 상대는 처음이기 때문이다.

핑!

쇠가 공기를 가르는 소리와 함께 섬광이 번뜩였다.

따다다당!

수십 개의 창날을 막아내는 진파랑의 도기가 빛과 함께 요란하게 번뜩였고, 두 사람의 그림자가 일 장의 거리를 두고 수십 개로 늘어나 있었다.

"쳇!"

높은 담장 위에 서 있는 지본소는 팔짱을 낀 상태로 연무장에서 싸우는 석무도와 진파랑을 쳐다보고 있었다. 그의 눈에 두 사람의 신형과 창과 도가 어지럽게 어우러진 모습이 들어왔다.

"왜 그러지?"

지본소가 기분이 안 좋은 표정을 보이자 옆에 서 있던 사우령이 물었다. 지본소가 입맛을 다시며 대답했다.

"총군이 패했어야 개떼처럼 저 자식을 몰아칠 텐데… 석

장로가 그것을 막았으니 아쉬워서 그러지."

"그렇군."

사우령은 이해했다는 표정으로 고개를 끄덕였다. 지본소
가 다시 말했다.

"어차피 시간문제지만."

쾅!

말이 끝남과 동시에 빛이 번뜩였고, 사방으로 강력한 바람
이 휘몰아쳤다. 지본소는 눈을 가늘게 뜨고 여전히 움직이고
있는 석무도와 진파랑을 주시했다. 그리고 그의 눈에 석무도
의 창을 막으며 공격하는 진파랑의 움직임이 아까와 달리 조
금 느리게 보였다.

지본소의 입가에 미소가 걸렸다.

'너는 내 손에 죽을 것이다.'

『진가도』2부 6권에 계속…

초대형 24시 만화방

신간 100%, 샤워실, 흡연실, 수면실(침대석), 커플석, 세탁기 완비

▪ 강북 노원역점 ▪

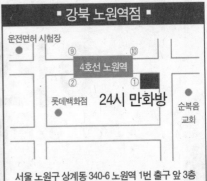

서울 노원구 상계동 340-6 노원역 1번 출구 앞 3층
02) 951-8324 (화용빌딩 3층)

▪ 일산 정발산역점 ▪

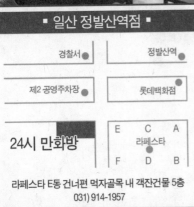

라페스타 E동 건너편 먹자골목 내 객잔건물 5층
031) 914-1957

▪ 일산 화정역점 ▪

경기도 고양시 덕양구 화정동 984번지 서일빌딩 7층
031) 979-4874 (서일사우나 건물 7층)

▪ 부천 역곡역점 ▪

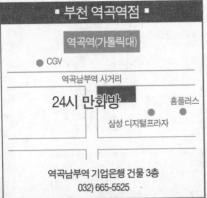

역곡남부역 기업은행 건물 3층
032) 665-5525

▪ 부평역점 ▪

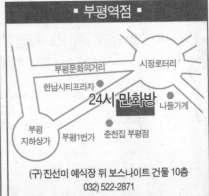

(구) 진선미 예식장 뒤 보스나이트 건물 10층
032) 522-2871

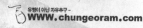

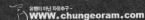

이민섭 新무협 판타지 소설

ORIENTAL HEROES

역천마신

사술을 경계하라!

『역천마신』

소림의 인정을 받지 못한 비운의 제자 백문현.
무림맹과 마교의 음모로 무림 공적으로 몰린
그에게 찾아온 선택의 기회.

"사술, 이것을 받아들인다면 인세에 다시없을 악귀가 될 것이네."

복수를 위해 영혼을 걸고 시전한 사술이 이끈 곳은
제남의 망나니 단진천의 몸.

"무림맹 그리고 마교, 그 두 곳을 박살 낼 것이다."

이제 그의 행보에 전 무림이 긴장한다!

Book Publishing CHUNGEORAM

철백 新 무협 판타지 소설

FANTASTIC ORIENTAL HEROES

大武

대무사

피와 비명으로 얼룩진 정마대전의 종결.
그리고…

"오늘부로 혈영대는 해산한다."

혈영대주 이신.
혈영사신(血影死神)이라고 불리는 그가
장장 십오 년 만에 귀향길에 올랐다.

더 이상 전쟁의 영웅도, 사신도 아니다!

무사 중의 무사, 대무사 이신.
전 무림이 그의 행보를 주목한다!